www.loqueleo.com/es

© De esta edición:
2017, Santillana Infantil y Juvenil, S. L.
Avenida de los Artesanos, 6. 28760 Tres Cantos (Madrid)
Teléfono: 91 744 90 60

ISBN: 978-84-9122-258-3
Depósito legal: M-15.017-2017
Printed in Spain - Impreso en España

Primera edición: noviembre de 2017

Directora de la colección:
Maite Malagón
Editora ejecutiva:
Yolanda Caja
Dirección de arte:
José Crespo y Rosa Marín
Proyecto gráfico:
Marisol del Burgo, Rubén Chumillas, Rosa Marín, Julia Ortega
y Álvaro Recuenco
Mapa: Jorge Arranz

UNA BALA PARA EL RECUERDO

MAITE CARRANZA

loqueleo

A Marce, Claudina y Elpidio,
que me enseñaron a amar su tierra.

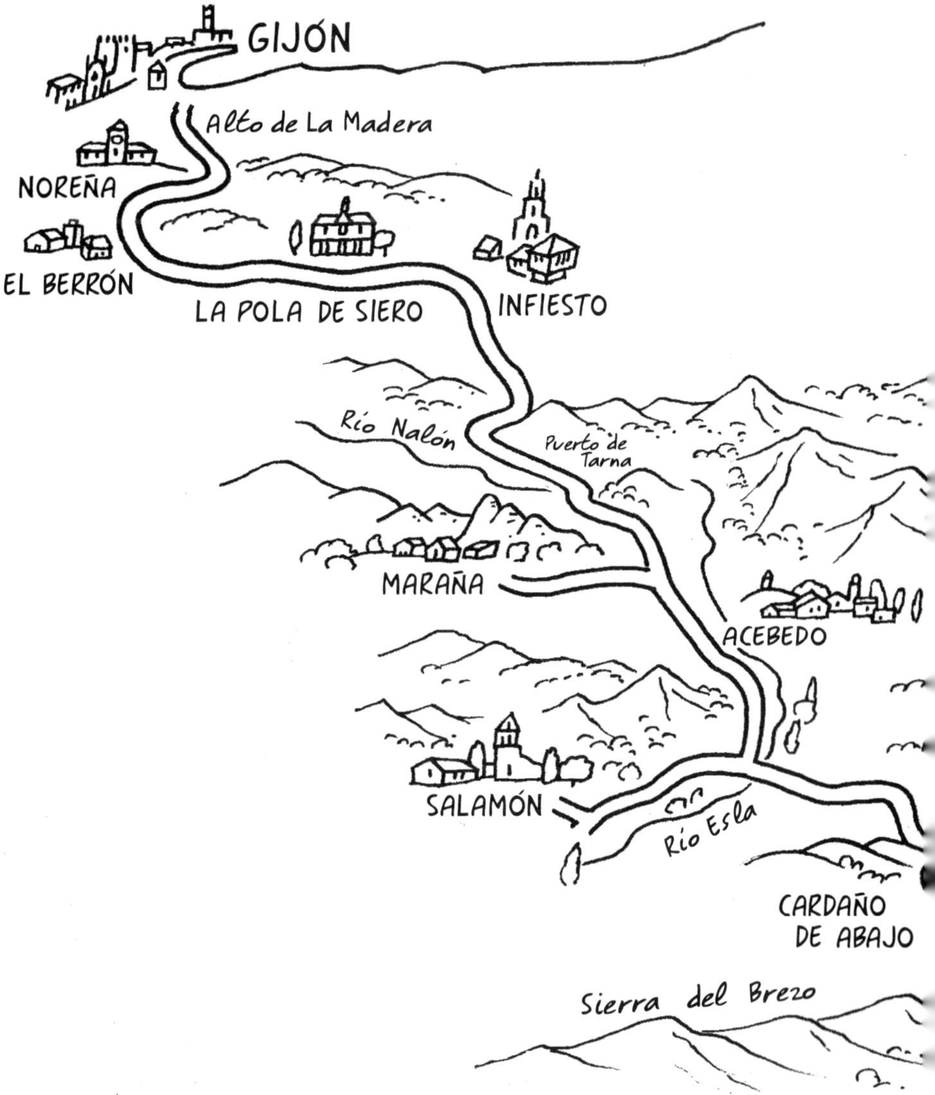
GIJÓN
Alto de La Madera
NOREÑA
EL BERRÓN
LA POLA DE SIERO
INFIESTO
Río Nalón
Puerto de Tarna
MARAÑA
ACEBEDO
SALAMÓN
Río Esla
CARDAÑO DE ABAJO
Sierra del Brezo

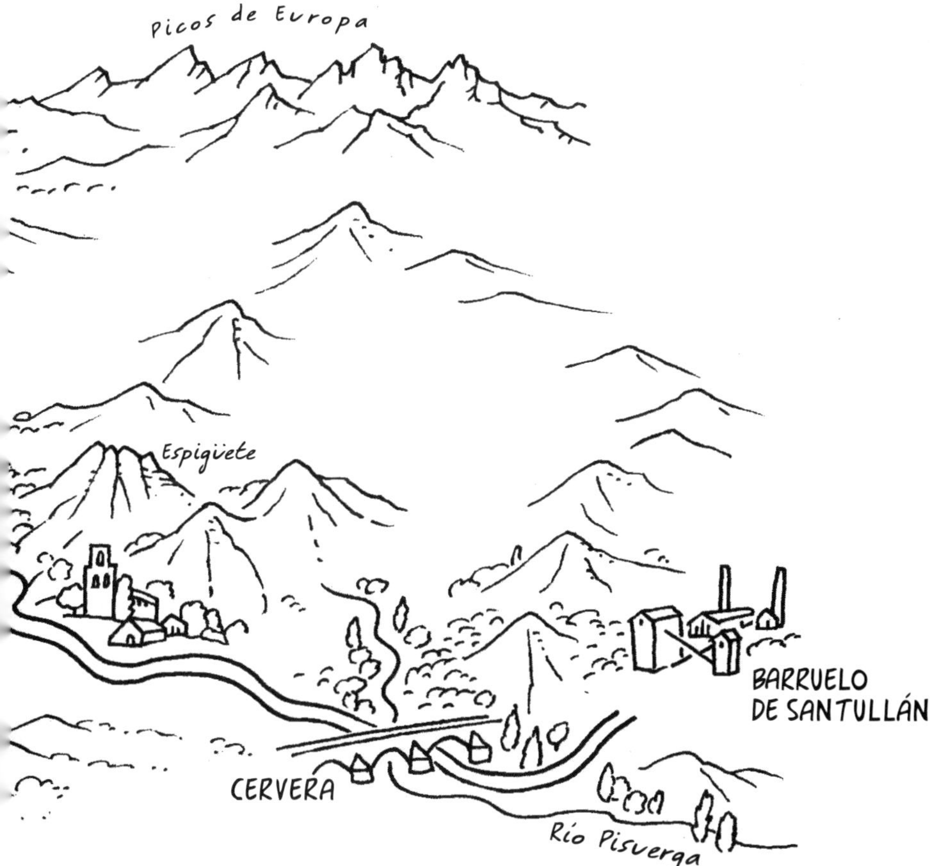

Picos de Europa
Espigüete
BARRUELO
DE SANTULLÁN
CERVERA
Río Pisuerga

Primera parte

El viaje de Miguel Serna

Heme aquí,
yo guardé madera en el muelle.
Vosotros no sabéis
qué es
guardar madera en el muelle:
pero yo he visto llover
a cántaros sobre los botes,
y guarecerse bajo los tablones el salario de la angustia:

bajo los pinos de Flandes
y los melis,
bajo los cedros sagrados.

Cuando los carabineros acechaban en la noche
y la bóveda del cielo era un túnel sin luz en los vagones,
hice un fuego de estrellas en las fauces del lobo.

Vosotros no sabéis
qué es
guardar madera en el muelle:

pero todas las manos de todos los granujas
como una farándula
se juramentaban al abrigo de mi fuego:
y era casi un milagro
que calentaba las manos ateridas;
y los pasos se perdían en la niebla.

Vosotros no sabéis qué es guardar madera en el muelle.
Ni sabéis la oración de las farolas de los barcos
–que son de tantos colores
como la mar al sol:
que no precisa velas.

JOAN SALVAT-PAPASSEIT, «Nocturno para acordeón»

El recuerdo de un padre

A pesar de los años transcurridos nunca he olvidado lo que sucedió aquel día.

Era una tarde calurosa de junio, de esas de bochorno. Las moscas, pesadísimas, zumbaban insistentemente sobre mi cabeza, se me metían en las orejas y cosquilleaban mis piernas. A mis trece años aún llevaba pantalón corto incluso en invierno.

En aquellos momentos estaba en el prado apacentando las vacas de Severiano y ahuyentando moscas a manotazos.

—¡Miguelín! —oí que me llamaban.

Al levantar la cabeza no reconocí al militar que subía la ladera del monte resoplando. Vestía un uniforme raído y traía un brazo en cabestrillo.

Me llevé los dedos a la boca y solté un silbido para avisar a mi perra Greta, por si acaso. Con ella a mi lado me sentía más seguro.

—Quieta aquí, Greta, vigila —le susurré mirando de reojo al soldado.

Era el año 38 y en las montañas palentinas, después de tanta guerra, nadie se fiaba de nadie.

—Soy Yago, ¿te acuerdas de mí? —me dijo al acercarse con la cara sudorosa.

¡Pues claro! Yago era un amigo de mi padre, un barrenista al que le faltaban dos dedos de la mano izquierda. El alzamiento del 36 le pilló en Aguilar de Campoo visitando a un pariente y ahí se quedó, en el bando nacional. Me saludó con un apretón de manos, como hacen los hombres. Se le veía alegre y olía a sidra y a ese queso pestilente lleno de gusanos que comen los vaqueros asturianos.

—Vine celebrándolo, chico —dijo para justificarse—, medio se acabó la guerra y me libraron del servicio por la metralla del brazo.

Y, poniéndose serio, me dio una palmada compasiva en la espalda.

—Anda, vamos para Barruelo, que tengo noticias de tu padre.

Palidecí. Las noticias buenas venían caminando, como Yago, y se explicaban solas. Las noticias que llegaban de boca en boca siempre eran malas. No quise preguntar, no quise saber lo que le había sucedido a mi padre en esos dos años de guerra sin noticias. Pero lo pensaba.

Muerto, muerto, padre está muerto, me repetía una y otra vez para acostumbrarme a la idea que barruntaba desde hacía tiempo.

—Acompáñame, venga, vamos a hablar con tu madre, que ya estás hecho un mozo.

Aguanté la respiración esperando la noticia. Pero Yago no quería darme el disgusto delante de mis vacas. O quizás prefería esperar a hacerlo delante de mi madre y así verme sufrir. Nunca entenderé la crueldad de algunos adultos.

—Pero...

—No hay peros que valgan, que estas se apañan sin ti.

«Estas» eran las vacas, que fingieron indiferencia al ver que yo me iba con Yago. Aunque era un truco muy viejo, las conocía de sobra y no me fiaba un pelo de ellas. Así pues, dejé a mi perra Greta vigilándolas y evité pensar en la noticia de Yago.

—Mordisco a las patas, ya sabes, que no entren donde Remigio.

Las vacas son muy caprichosas y las mías, a saber por qué, se habían encaprichado del prado del vecino. Quizás les parecía que tenía un pasto más apetitoso. Hay que ver lo envidiosas y lo malas que son las vacas. Aprendí mucho de ellas.

Mi madre consiguió que Severiano, un viudo sin hijos, me contratara por un jornal de hambre para cuidarle las vacas. Se me daban bien. El trabajo consistía en ordeñarlas, sacarlas de la cuadra de buena mañana y llevarlas hasta los prados más jugosos. Luego tenía que arrearlas hasta el pilón, vigilar a los jatos, los terneros chicos que se desperdigaban por ahí y a veces quedaban a merced del lobo, y, sobre todo, procurar que no se metieran en los campos de los vecinos. No era un mal trabajo.

—¡Espera! ¡No corras tanto, chico! —gritó Yago detrás de mí.

Yo corría sin darme cuenta para no pensar en mi padre y en su muerte y menos aún en su tumba, a saber dónde. Pero me detuve y, al darme la vuelta, le vi en lo alto del cerro con los ojos empañados de lágrimas contemplando Barruelo.

—Ya estoy en casa —murmuró—, en casa.

Puesto que vivía en Barruelo y lo veía a todas horas, yo no me emocioné como Yago. Pero sabía que, aunque no fuera un pueblo bonito, era nuestro hogar.

Barruelo, al pie de la sierra de Brañosera y a orillas del Rubagón, había cambiado mucho en los últimos años. En épocas de mi bisabuelo era una aldea más del valle, pero desde la llegada del ferrocarril y las minas había crecido una enormidad. La Compañía Minera había ido construyendo cuarteles para albergar a las familias venidas de fuera y, poco a poco, el pueblo había ido escalando los montes, ocupando las dos orillas del río y comiéndose los bosques hasta convertirse en un sinfín de barrios con nombre propio: el Helechar, el Río, San Juan, Bolaredo, la Leche, Perché, Santiago, San Pedro.

Cuando era niño, la chiquillería inundaba las calles empinadas y se liaba a pegar patadas al balón y a saltar a la comba en las plazas cubiertas de lodo. La vida se sucedía al son de las sirenas de las minas que indicaban la salida de los mineros y la apertura de los bares. Hombres rudos, gente venida de todos los rincones de España, humo, ferrocarril, bullicio y chavales, muchos chavales. Así era mi pueblo.

Eso era antes.

Yago y yo atravesamos las calles vacías que nos devolvían el eco de nuestros pasos.

Yago estaba asombrado.

—¿Qué pasa aquí?

Yo callé. Después de dos años, la guerra se había llevado a los mineros. Solo quedábamos algunos niños, algunas mujeres, los nacionales, los afectos al régimen y el silencio. El silencio era lo peor. Podíamos oír hasta el zumbido de los mosquitos antes de picarnos. El miedo nos hacía estar calladitos. Ya no pegábamos gritos, ya no reíamos ni voceábamos como antes de la guerra. Los chavales, que yo ya era mayor, jugaban sin armar broncas y, si se caían y se lastimaban las rodillas, se fastidiaban y no lloraban. Todo pasaba en sordina. Nadie rechistaba. Por si acaso.

—¿Tu familia está bien? —preguntó Yago para romper el silencio.

—Sí —le respondí sin muchas explicaciones.

Nadie daba demasiadas explicaciones en aquellos tiempos. Estar bien era estar vivo. Mi madre, mi abuela, mis cinco hermanos pequeños y yo estábamos vivos y teníamos casa.

Y de pronto y sin venir a cuento, Yago, un bocazas que ya no podía aguantar más la noticia, me soltó de sopetón:

—Tu padre está vivo.

Me dejó helado.

¡Vivo!

¡Mi padre estaba vivo!

A una madre no se le replica

Me dieron ganas de palmear, de gritar de alegría, como cuando el balón entraba en la portería y junto con mi equipo coreábamos el «¡goool!» a voz de trueno.

—¡¡¡Vivo!!! —exclamé por fin.

Me había convencido con tanto encono de su muerte que las palabras de Yago fueron algo así como una resurrección milagrosa.

Y lo grité a los cuatro vientos.

—¡¡Padre está vivo!!

Luego entrecerré los ojos y me lo imaginé.

No me costó demasiado. Imaginar a un padre vivo es lo más natural del mundo y no tiene ningún mérito. Mis hermanos y yo siempre hablábamos de padre como si fuera a regresar en cualquier momento con la cara ennegrecida por el carbón de la mina, el cigarrillo en la boca y la tartera en la mano izquierda. Así era como entraba en casa todas las noches. Se metía en la cocina, se aseaba con un barreño de agua caliente que mi madre le tenía preparado, y se secaba con una toalla limpia. Antes de ir a dormir se asomaba a la habitación del primer piso, donde los cuatro chicos nos arremolinábamos en el mismo camastro, y movía la brasa del cigarrillo en el aire dibujando figuras imaginarias. La voluta del humo y la punta incandescente del cigarrillo era lo único que mis hermanos más pequeños asociaban con nuestro padre.

Yo no. Yo era el mayor y había vivido más tiempo con él. Por eso tenía más recuerdos que mis hermanos y prefería recordarlo en el monte cazando.

Mi padre me enseñó a cazar conejos. Con la ayuda de Greta buscábamos las madrigueras, preparábamos trampas, los asustábamos y los atrapábamos al salir. Por la noche, los desollábamos y los asábamos sobre la fogata aderezados con hierbas. La carne estaba muy sabrosa, sabía a romero y tomillo, sabía a bosque.

Dormíamos al raso, bajo los robledos, calentándonos junto a los rescoldos del fuego que mi padre iba avivando durante la noche.

En el monte palentino, las noches de primavera son tan frías que el aire muerde. Y hay lobos. Pero mi padre me cubría con una manta y ponía su mano en mi espalda. Y yo, un niño, me dormía sin miedo y sin frío porque mi padre estaba conmigo. Así era como me gustaba recordarlo.

Yago y yo entramos en casa. Yago renqueando, yo con los nervios a flor de piel y con deseos de explotar de alegría y celebrar la noticia.

La cocina, chiquita y con lumbre de carbón, olía a leche hervida y a berzas. Mis hermanos crecían enfermizos, por eso les traía leche de las vacas de Severiano. Mi madre decía que todo se cura con la panza llena, pero con los pocos víveres que había en nuestra cocina yo la sentía siempre vacía. ¡Cómo añoraba el olor de las morcillas y el pan caliente!

Mi madre y mi abuela, atareadas, levantaron la cabeza a la par y se quedaron con los ojos prendidos en el invitado. Ni a saludar se atrevían, por si acaso. La guerra había dejado el miedo y la desconfianza flotando en cada encuentro. Demasiadas delaciones, demasiadas venganzas. La hospitalidad de los valles era cosa del pasado.

Las dos, alertadas por el uniforme que le delataba como a un fascista, murmuraron algo parecido a un saludo, pero sus caras hablaban por sí solas. «A saber con quién anda y qué órdenes tiene de los que mandan», me pareció leer en sus miradas.

A Yago le brillaron los ojillos, las saludó, aceptó un trago de vino que le ofreció la abuela y les explicó las cosas a su manera. Poco a poco, al estilo palentino.

—Ya veis, me hirieron en el brazo y me licenciaron.

—Algunos tienen suerte —musitó mi madre.

—Anduve desde Oviedo, cae lejos —continuó Yago.

—Y que lo digas, Marcelino fue dos veranos a apacentar las vacas y nos lo contaba —comentó la abuela, que siempre que podía rescataba del olvido los recuerdos del poco tiempo que pasó con el abuelo.

—Pues de camino a casa, pasé por dos campos de concentración. Ya sabéis lo que son. Muchos soldados, muchos prisioneros de guerra.

Yo ardía en deseos de soltar de una vez lo que sabía, pero Yago había conseguido que mi madre y mi abuela se quedaran expectantes.

—En uno de ellos estaba Pascual —dijo al fin.

Se hizo el silencio. Un silencio oscuro, como el del trueno antes de estallar.

—¡Vivo! —añadí yo sin poder reprimirme—. ¡Padre está vivo!

Ni siquiera me miraron. No quitaban los ojos de encima de Yago, como si fuese un fantasma presto a desvanecerse en cualquier momento.

—Me pidió que os avisara de que estaba vivo y que os diese muchos recuerdos.

Mi madre y mi abuela lo escucharon sin pestañear.

Lo escucharon, pero no le creyeron.

Lo supe por la dureza de su rictus. Por su forma de tragar saliva.

No creían a Yago.

No habían tenido ninguna noticia de mi padre en dos años y ya habían asumido lo peor. Le daban por muerto, como tantos y tantos hombres. Lo imaginaban acribillado por las balas junto a la tapia de cualquier cementerio.

—No puede ser, no era él —negó mi madre.

—Que sí, te digo que era él —repitió.

—Madre, Yago le conoce de toda la vida —me permití opinar.

—¿Estás seguro? —insistió ella.

—Segurísimo. Por eso he venido.

—¡Ay, Señor! ¡Ay, Señor! —se lamentó mi abuela en lugar de alegrarse, y se sirvió un vaso de vino. Fue una de las pocas ocasiones en las que vi beber a la abuela; la otra había sido con el parto de los gemelos, mientras atendía a mi madre—. Qué va a ser de nosotros —continuó lamentándose la mujer.

—¡Abuela, que está vivo! —le recalqué un poco molesto por su pesimismo.

—Ay, hijo, no sé qué es peor, si estar muerto o en un

campo de prisioneros —me soltó.

—Está vivo —intervino mi madre con un tono ilusionado en la voz que no le oía desde hacía mucho tiempo—. Vivo —repitió con extrañeza.

Y todos nos la quedamos mirando.

Tenía una luz particular en la mirada, como cuando sacaron a mi hermana Chusa, la pequeña, de la poza. Los demás la dábamos por muerta hasta que escupió el agua y se echó a llorar.

Mi madre había digerido la noticia y se le veía en la cara que ya podía comenzar a hilvanar los recuerdos de mi padre como hacía yo.

—Mi Pascual está vivo —repitió de nuevo.

Será porque si las cosas se dicen muchas veces acabamos por creerlas.

—Muy hambriento, pero vivo —puntualizó Yago—. Estaba en los huesos el pobre.

Mi madre reaccionó rápidamente y comenzó a moverse de aquí para allá, ajetreada. Ella tan prudente, de pronto se lanzó a una actividad frenética. Algo barruntaba.

Metió en un zurrón todo lo que tenía a mano donde se pudiera hincar el diente. No mucho. Cecina, pan duro, queso y un chorizo que reservaba para el invierno.

«¿Qué demonios está tramando?», me pregunté. No tardé en averiguarlo.

—Miguelín le llevará comida y ropa a su padre para que no le falte de nada.

Miguelín era yo, claro. Mi madre me señaló el zurrón con un amago de sonrisa –que ya no sabía ni sonreír– y yo me quedé patidifuso.

—Te prepararé un hatillo para el viaje y saldrás mañana temprano.

Ni reaccionar pude. ¿Un viaje? ¿De verdad mi madre estaba proponiéndome que viajase hasta Oviedo? ¿Más de doscientos kilómetros a través de las montañas repletas de lobos y desertores?

—Y en cuanto le encuentres no le pierdas de vista. Vaya donde vaya, le lleven donde le lleven, tú le sigues. Luego me dices dónde está.

Yo la miraba sin creer lo que me estaba pidiendo. Me había quedado mudo.

—Y si ves la posibilidad —dudó unos instantes—, os dais media vuelta y os volvéis los dos para casa.

Casi nada. Como si fuera tan fácil. Como si regresar a casa con Pascual Serna, un minero huido y buscado por la Guardia Civil, un prisionero rojo del ejército nacional, fuera lo más normal del mundo.

Madre lo dijo sin pensar y sin caer en la cuenta de que yo solo tenía trece años.

Iba a replicarle, pero no pude. Me miraba con una chispa de ilusión que yo apenas le conocía. Por unos instantes había arrinconado la tristeza. ¡Qué guapa que estaba!

—¿Cuidarás de él, Miguel?

Y me lo dijo así, con mi nombre entero y sin diminutivo, como si ya fuera un hombre.

No le repliqué. Ella me puso el zurrón en las manos y yo, tras unos segundos que se me hicieron eternos, se lo devolví.

Con ese gesto le rompí el alma.

Y se echó a llorar.

Qué pena me daba. Y a pesar de todo no podía hacer lo que me pedía. Me veía incapaz de atravesar media España, encontrar a mi padre y traérselo a casa, tal y como ella quería, pero no le repliqué. Escuché sus lloros, callé y bajé la cabeza avergonzado.

A una madre no se le replica, y a una madre guapa menos todavía...

La tristeza

Hubiera dado una mano por arrancar la tristeza del alma de mi madre. Mi abuela decía que de la tristeza no se come y que la tristeza no mata. Quizás por eso mi madre encajó mi negativa a ir a buscar a mi padre con los ojos húmedos y en silencio, trajinando de aquí para allá, como siempre, y yendo del huerto al corral, del corral al río, del río a la cocina. Como cada tarde, dio palmas para que mis hermanos la ayudaran con la lumbre, con los animales, con la ropa. Y lo hizo con la mirada perdida y la cabeza gacha. La tristeza no la había matado, pero la había convertido en una muerta viviente. Se había desvanecido el brillo de esperanza que había vislumbrado en sus ojos al saber que mi padre estaba vivo.

La noticia de la visita de Yago había corrido como la pólvora gracias a Tina, que tenía la costumbre de escuchar a través de las puertas. Estoy seguro de que había añadido una pizca de salsa de cosecha propia a las parcas palabras del excombatiente. Mi hermana tenía mucha gracia contando anécdotas y hasta era capaz de narrar el trayecto de casa a la fuente en más tiempo del que en verdad le llevaba hacerlo.

En casa reinaba un ambiente extraño. Mis hermanos, siempre tan comedidos, estaban inusualmente excitados. Los gemelos alborotaron en el corral, persiguiendo a las gallinas con sus gritos. Tina no cesaba de canturrear mientras saltaba a la comba con la pequeña Chusa. Tomasín, incapaz de quedarse quieto, me propuso salir a chutar el balón. Fuese como fuese, saber que padre continuaba con vida nos había dado un motivo para encarar el futuro con otros ánimos.

Me hubiera gustado jugar con mi hermano, pero tenía que recoger las vacas y llevar a Greta de regreso a casa. Tomasín y los gemelos quisieron acompañarme sí o sí y durante el camino me acribillaron con preguntas que no se atrevían a hacerle a mi madre.

—¿Cuándo volverá? —atacó Tomasín.

—No lo sabemos, está en un campo de prisioneros.

—Padre sabrá cómo escaparse —comentó un gemelo.

—Está atado —le respondió el otro.

—¿Y tú cómo lo sabes?

—Porque lo sé.

Y mientras los gemelos se enzarzaban en una discusión absurda, Tomasín aprovechó para acercarse a mí y compartir lo que le preocupaba.

—Y si padre está vivo, ¿por qué madre no está contenta?

Me cogió desprevenido y me inventé una salida airosa.

—Sí que lo está.

—Yo no se lo noto. No sonríe nunca —insistió Tomasín chutando una piedra.

—Madre tiene una enfermedad que no la deja sonreír —saltó un gemelo.

—¿Eres tonto o entrenas? ¿Cómo va a existir una enfermedad que no deje sonreír? —le replicó el otro.

—Pues Salvador no puede hablar, que se quedó mudo, y el abuelo de Pedrín no puede mover el ojo izquierdo por culpa de una bala, que Pedrín me la enseñó.

No iban desencaminados. Hacía mucho tiempo que no veía sonreír a mi madre. Cada mañana me despertaba con el tacto calloso de su palma en la mejilla. Miguel, es la hora, hijo, susurraba flojito. Lo hacía para que no se despertaran mis hermanos, que se agarraban a mí porque decían que les daba calor, como los cerdos. Y eso que estaba en los huesos. Abrígate que anoche heló, me advertía a veces. Me preparaba la sopa de leche y me despedía desde la puerta sin sonreír mientras yo me alejaba hacia el campo de Severiano, a arrear las vacas y recoger la hierba. Cuando regresaba de noche cerrada, aterido y con los dedos helados, mi madre me tenía preparada la sopa junto a la lumbre. Me ponía más pan negro que a mis hermanos, lo sé, y un puñado de garbanzos para que creciera, pero tampoco me sonreía.

—Entonces, ¿por qué no sonríe? ¿Eh? —volvió a la carga el gemelo pendenciero.

—Madre está triste y punto. Por eso no ríe —puse paz.

—¿Por qué está triste? —quisieron saber.

—Porque en el pueblo ganaron los otros.

—¿Y eso le da tristeza?

Los gemelos tenían siete años, eran pequeños y aún no comprendían lo que daba tristeza y lo que no.

—Pues claro —les replicó Tomasín, dándoselas de listo—, los otros nos atizaron cuando padre se fue a la guerra. ¿No os acordáis del día que fuimos a despedirlo al monte? Casi nos disparan a la vuelta.

Lo recordaba perfectamente, fue en julio del 36, un día después de que el alzamiento triunfase en Barruelo. Todo estaba perdido, por eso los mineros se echaron de nuevo al monte, camino de Reinosa, a sumarse al ejército republicano. Padre estaba entre ellos y recuerdo que Chusa, al despedirnos, no dejaba de llorar y levantaba los bracitos para que la llevara con él. Al regreso nos encontramos a los soldados nacionales en la plaza del pueblo apuntándonos con sus armas y obligándonos a formar. Éramos apenas un puñado de familias. La mayoría de mis amigos habían seguido a sus padres al norte, hacia Santander.

—¿Y por qué no nos dispararon? —quisieron saber los gemelos.

Tomasín no lo recordaba bien, pero se las apañó para que se quedaran contentos.

—Porque tenían que fusilar a la maestra de Brañosera y al abuelo de Félix, que se escondió en el pajar para que no lo encontrasen.

—¿Y tú lo viste?

—Miguelín no me dejó.

Yo no quise ver cómo mataban a la maestra. Y tampoco dejé que Tomasín fuese. Y eso que sus amigos sí que se colaron entre los matorrales y contaron que la maestra les mostraba su rosario y juraba que era una buena cristiana y una buena madre. Tenía seis hijos y era muy querida, aunque no le valió de nada, no la escucharon. Ni a ella ni a los demás.

—¿De verdad que no os acordáis de cuando mataron a la maestra? —se jactó Tomasín que a sus diez años ya se creía muy mayor.

Los gemelos no se acordaban de nada. Y tampoco podían comprender que, cuando ellos eran muy niños, aún fuéramos una familia sonriente, ni siquiera recordaban aquellos tiempos.

—Madre era muy alegre —les dije.

Y les expliqué que antes reía mientras lavaba la ropa en el río con Concha y la tía Mari y que tenía una risa fresca. No como la de Concha, que recordaba al repicar de las campanas de la iglesia. La de nuestra madre era una burbuja limpia rebotando entre las piedras blancas del vado. Eso era antes de que los guardias se la llevasen. Dejó de reír cuando la detuvieron, afirmé, de eso estaba seguro.

—¿Y por qué la detuvieron?

—Porque padre estaba en el monte pegando tiros, con los mineros.

Y les dibujé a mi manera el recuerdo nítido de mi madre ajustándose las horquillas del moño en el quicio de la puerta el día que la vinieron a buscar los tricornios, diciéndome lo que me decía siempre: «Miguel, hijo, ocúpate de tus hermanos y de los animales, que eres el mayor». Luego se ajustó el chal sobre los hombros, levantó la cabeza muy orgullosa y dijo a los paisanos: «Vámonos». Y se marchó escoltada por la Guardia Civil. Nos quedamos una semana mis hermanos y yo solos, con la abuela rabiosa... hasta que regresó muda y sin pelo. Después de la detención, pasó mucho tiempo sin apenas hablar, lo justo

para hacerse entender. Poco a poco se le fue soltando la lengua para poder dar órdenes, que una madre sin dar órdenes ni pegar gritos no es una madre. Pero se le olvidó la risa. Se la robaron en el cuartelillo, como el pelo.

El pelo le volvió a crecer, pero la risa no.

Mis hermanos, por más que se esforzaran, no podían hacerse a la idea de lo que era una madre alegre.

Greta era una perra y las perras no tienen penas. Nos vino a recibir con grandes muestras de felicidad, como si supiera la noticia y quisiera celebrarla con nosotros. Se revolcó por el suelo con los gemelos, mordisqueándoles las piernas y jugueteando como una cachorrilla. Nos devolvió el buen humor.

Entre los cuatro arreamos las vacas hasta las cuadras de Severiano, las ordeñamos y regresamos para casa con un cubo de leche fresca, que nunca sobraba. Pero la conversación había hecho mella en mis hermanos, juraría que miraban a nuestra madre con otros ojos.

—¿Morirse duele? —preguntó Tomasín pensativo a la hora de la cena al tiempo que masticaba unas alubias.

—Lo que duele es vivir —respondió la abuela inmediatamente.

Y yo sumé años y calculé cuánto dolor arrastraba la abuela.

En la mesa no se nombró a padre. Sabíamos sin decírnoslo que si sacábamos el tema, madre se echaría a llorar, pero su presencia flotaba entre nosotros. Todos sentíamos una punzada de nostalgia y el deseo de volver a ser una familia.

Una vez acostados, Tomasín me susurró desde la esquina de nuestro camastro.

—¿Tú crees que padre volverá a casa?

Tenía un brillo en los ojos que me conmovió. Y sentí la boca seca y muchas ganas de tragarme la alegría mezclada con la pena, como si se me hubiera hecho una bola y se me hubiera encallado en la garganta.

No le respondí. No lo sabía, nadie lo sabía.

La risa de un padre vivo

Esa noche no pegué ojo.

A eso de las diez golpearon la puerta y al mismo tiempo comenzó a ladrar la perra. Una vez, dos. Salté de la cama de un brinco y les dije a mis hermanos, más asustados que yo, que no se movieran.

Me encontré en el descansillo a mi madre y a mi abuela. Los tres temblando de frío, o de miedo.

Y Greta sin parar de ladrar, y los golpes repiqueteando sobre la madera.

Mi madre, apenas vestida con su camisón remendado, encendió un candil, se colocó con habilidad la saya y se echó un chal sobre los hombros.

Mi abuela, demudada, se santiguaba en silencio.

Los golpes continuaban. Yo, por miedo a que hicieran daño a Greta, me asomé a la ventana y la reprendí con un silbido. Pude vislumbrar sus sombras, eran tres. Greta me hizo caso y calló, pero ellos ya me habían visto.

—¡Abrid esa puerta! —gritaron de nuevo.

Me retiré con rapidez y regresé junto a los míos. Mi madre me esperaba impaciente.

—Pase lo que pase, no salgas —me advirtió muy seria.

Tragué saliva, intentando imaginar el significado de lo que escondía ese «pase lo que pase» y asentí.

—¿Estáis sordos? —gritó una voz.

—¡Ya va! ¡Ya va! —respondió mi madre dándoles largas. Antes de bajar las escaleras me susurró al oído—: Si las cosas se ponen feas, coges a tus hermanos y a tu abuela y os vais para Monasterio, donde el tío Fidel.

Desde que se la llevaron aquella vez al cuartelillo siempre me hacía prometerle que no nos volveríamos a quedar solos en casa. Le angustiaba la posibilidad de que les pudiera ocurrir algo a los pequeños.

Asentí como pude y conseguí tranquilizarla con un «te lo prometo» mientras ella bajaba las escaleras con la luz parpadeante en la mano.

—Están bebidos —me susurró la abuela al oído—. Dios quiera que no haya habido ningún muerto.

Acostumbraban a vengar a sus muertos humillando a las familias de los vencidos. Tuve un escalofrío solo de pensarlo y crucé los dedos.

Mi madre, en esas, había abierto la puerta.

—¿Qué queréis? —le oímos pronunciar con voz clara.

Admiré su entereza de mujer valiente.

—¡Aparta! —le respondieron con brusquedad.

Y el crujir de la madera, las sillas arrastrándose y el golpeteo de las botas me sugirieron la escena que se estaba desarrollando unos metros más abajo.

—¡Saca el vino, que queremos celebrarlo!

—¿El qué? —musitó mi madre, esa vez sí con un ligero temblor en la voz.

—Tu hombre está vivo.

—Yago lo ha ido pregonando por ahí.

—¿A qué esperas?

Los reconocí por las voces, ninguno de ellos llegaba a la veintena. El que los comandaba, Gelo, el hijo del encargado de la mina, se había afiliado a Falange siendo apenas un chiquillo, se había alistado voluntario y había regresado con permiso hacía unas semanas. Se jactaba de sus victorias y bravuconeaba con su uniforme por las calles de Barruelo para impresionar a las chicas. Los otros dos, Mario y Pedro, hijos de mineros renegados, se habían convertido en su guardia personal. Le seguían en sus correrías y le reían todas las gracias.

—Un vaso y os vais a dormir, que me vais a despertar a los niños.

Mi madre les hablaba regañándolos como si fueran chiquillos, pero Gelo no se dejó intimidar.

—Vaya, vaya con la roja. Tú también vas a beber con nosotros.

—No tengo sed.

—A beber he dicho.

Se me encogió el corazón al oír el tintineo de los vasos y las risas flojas de los falangistas.

—¡Una, grande y libre! —voceó Gelo poniéndose en pie.

—¡Una, grande y libre! —corearon sus compañeros.

—Y ahora tú —ordenó.

Me tapé los oídos para no oírlo. No quise oír a mi madre humillándose ante unos niñatos con pistolas al cinto.

—Así me gusta, como personas educadas que somos hemos venido a dar la condolencia a la viuda.

Me temblaron las piernas y mi abuela me agarró el brazo con tanta fuerza que me produjo un moratón.

—¿O creías que Pascual Serna regresaría vivito y coleando para seguir tocándonos las narices?

—Ese no vuelve.

—Queríamos que lo supieses.

—¿No dices nada?

No pude oír la respuesta de mi madre y solo me permití apretar los puños bien fuerte y rogarle que no llorase. Me hizo caso.

—¿No lloras por tu muerto?

—¿No sientes pena por lo que le sucederá?

Y providencialmente, o no, Greta, desde el corral, comenzó a ladrar de nuevo.

—Esa perra —se removió Gelo— va a despertar a todo el pueblo.

Aliviado, oí el crujido de las botas sobre la madera y el chirriar de la puerta al abrirse. Ya tenían bastante, los ladridos les incomodaban.

«¡Bravo, Greta!», aplaudí a mi perra, la más inteligente del mundo.

La despedida fue brusca, desagradable, y sus palabras se clavaron como aguijones.

—¡Olvídate de Pascual!

—No lo volverás a ver vivo.

Solo respiré tranquilo al oír el chasquido de la puerta al cerrarse. Como por ensalmo cesaron los ladridos y el pueblo volvió a sumirse en la oscura impunidad de la noche.

Bajé las escaleras de cuatro en cuatro y abracé a mi madre, orgulloso de su proeza, pero ella estaba tensa, rígida como un palo.

—No les hagas caso, querían aguarte la fiesta —le dije—. Padre volverá.

Mi madre, agotada por los nervios de la situación,

ni llorar pudo. Mi abuela escuchaba en silencio desde la puerta y ni chasqueó los labios como hacía cuando nos oía a alguno tutearla.

En su lugar, suspiró y tomó cartas en el asunto:

—Ea, a dormir todos, que ya pasó.

Obedecimos, pero yo no pude pegar ojo. A mi lado, Tomasín tampoco dormía. Las amenazas de los falangistas no cesaban de torturarme. ¿Acaso tenían razón? ¿Darían aviso para que se deshiciesen de padre? ¿Moverían sus hilos?

—¿Y tú no podrías ir a buscarle? —soltó Tomasín.

Lo había oído todo. La visita le había dejado el mismo sabor amargo que a los demás. A mí se me habían revuelto las tripas.

—¿Tú crees que lo encontraría? —le pregunté con ingenuidad.

—Pues claro —exclamó convencido.

Entendí que si Tomasín creía que podía hacerlo, a lo mejor podía. A veces solo necesitamos que alguien crea en nosotros ciegamente.

—¿Lo harás? —me preguntó enseguida.

—Ya veremos —despisté.

—¿Padre todavía ríe? —añadió al cabo de un rato.

—Pues claro.

Me marqué un farol. No sabía si también él había olvidado la risa como mi madre, pero esa podía ser una buena razón para encontrarlo y averiguarlo.

—Es que si tú no lo traes pa casa... no va a volver —gimoteó.

Tomasín necesitaba escuchar la risa de un padre y yo tenía que intentarlo por él.

Me levanté sin hacer ruido, abrí la puerta de la habitación de mi madre y me senté junto a ella. Los muelles de su cama de matrimonio medio vacía chirriaron con el peso de mi cuerpo. Ella tampoco dormía.

—Iré a por mi padre —dije en un susurro—. Te lo traeré vivo.

Era un decir, pero me entendió. La intención es lo que cuenta y yo intención, en aquellos momentos, tenía y mucha.

—¿Estás seguro, hijo? —musitó enternecida.

—Ea, prepárame el hatillo, que saldré de madrugada.

Mi madre no se hizo rogar y se puso a la tarea con brío.

—El camino te lo explicará la abuela, que aún recuerda los viajes de tu abuelo Marcelino a Oviedo.

La abuela tenía una memoria fabulosa, me podía fiar de ella.

—Les diré que te contrataron en Asturias, donde tu abuelo, para arrear las vacas. Tomasín ya se ocupará de las de Severiano.

—¿Y Greta? —pregunté con un hililllo de voz.
—Te la llevas contigo, que es muy lista y te hará compañía.

Sentí un alivio inmenso al saber que me acompañaría mi perra.

—Y para las vacas de Severiano ya nos apañaremos con el perro de Pedrín.

Mi madre resolvía las cosas en un pis pas, como todas las madres.

Tomé mi hatillo, la besé y me arrebujé de nuevo junto a mis hermanos para calentarme aunque solo fuera unas horas. A saber si volvería a compartir cama con ellos nunca más.

Y no sé si pequé de ingenuo o de temerario, pero así fue como inicié la aventura más arriesgada de mi vida.

Un beso imposible

Antes de marcharme para Oviedo quise despedirme de Margarita. No sé, me dio por ahí. Me puse romántico y me dije que, si no regresaba, me quedaría el consuelo de saber que Margarita lloraría por mí. Eso es lo que hacían las chicas cuando decían adiós a sus novios. Lloraban y se les agarraban al cuello besándolos y pidiéndoles que no los mataran, como si ellos pudiesen decidirlo. Los besaban mucho. Se los comían a besos.

Supongo que la imagen de una novia compungida me dio el valor para atreverme. Había visto esa escena con envidia tantas veces que decidí probar suerte.

Por eso, al filo del amanecer, una vez me hube despedido de la familia, me acurruqué junto al corral de su casa, ordené a Greta que se estuviese bien quieta, y esperé a que Margarita saliese a dar de comer a las gallinas. Tenía la esperanza de que al explicarle lo que iba a hacer me besaría, aunque fuera por pena. No me había besado nunca con ninguna chica.

Margarita era la más guapa del barrio de San Pedro y de todo Barruelo. O eso me parecía a mí. Bueno, a mí y a muchos otros porque tenía un montón de pretendientes. Mis amigos estaban locos por Margarita. Y ella, que lo sabía, tonteaba con todos y con ninguno. Conmigo ni eso porque no me veía, aunque yo sí que la miraba siempre que tenía ocasión. Me quedaba embobado mirándola. Era más bonita que Greta Garbo y que Marlene Dietrich y que todas las actrices de los carteles de los cines de Madrid, esas que salían en colores con las faldas estrechas y los labios pintados de rojo y que mis amigos y yo habíamos visto en las revistas que tenía el barbero Napoleón apiladas sobre la mesilla que había junto al espejo, solo para los clientes. Julianín, que era muy hábil y acompañaba a su abuelo a afeitarse, nos conseguía alguna *Estampa* de vez en cuando. Era una fiesta. Nos reuníamos unos cuantos en el vado con nuestro botín y pasábamos las páginas de la revista, entre silbidos y codazos. ¡Pedazo de mujeres! ¡Extranjeras! Comentábamos con criterio de expertos.

Quizás fuera cierto que las extranjeras eran muy guapas, pero a mí me gustaba más Margarita. Soñaba con ella todas las noches, pero Margarita no me hacía ni caso.

En cambio sí se había fijado en Luis, que era alto, fuerte, peludo y ya trabajaba en la mina, aunque era más zoquete que una alpargata. En la escuela, el maestro le decía que era muy rudo y lo ponía siempre en la última fila. A mí, en cambio, me felicitaba por tener cabeza.

—Serna tiene la cabeza llena de cerebro, como debe ser, y no de serrín.

De poco me sirvió lo de la cabeza y el cerebro. Mi madre no se atuvo a razones cuando el maestro le pidió que me dejara estudiar un poco más. El buen hombre intentó convencerla como hubiera hecho el mismísimo hermano Bernardo, que, según mi padre, consiguió que muchos niños de Barruelo pudiesen estudiar y fuesen hombres de provecho. Pero mi madre era muy terca.

—Mi hijo Miguelín deja la escuela. Lo tengo claro.

—Recapacita, Claudina, que tu hijo Miguelín tiene cabeza.

—Al padre de Miguelín le perdió la cabeza, que por pensar tanto se metió en líos con la justicia y ahora anda en el monte.

—No me digas eso, Claudina, no me digas eso, que si tu Pascual hubiera estudiado, otro gallo cantaría. Deja que tu hijo lo pruebe.

—Quien tiene cabeza la tiene para los libros y para las berzas.

—Mujer, dale una oportunidad al chico, te lo digo yo que tiene talento.

—Somos muchas bocas, señor maestro, y Miguelín es el mayor. No va a poder ser —concluyó mi madre tajante.

Y a partir de los once no estudié. Que las madres mandan mucho y siempre se imponen. La mía, eso sí, me dejó aprender a tocar el acordeón con el tío Amable y debo reconocer que se lo agradecí siempre.

Lástima que esa mañana de julio no tuviera ningún acordeón entre las manos para dedicar una serenata a Margarita. Hubiera sido una buena despedida. Le habría tocado aquella del *Manojito de claveles* y la de *A media luz*. Fijo que se habría vuelto loca por mí y que me habría besado como hacían las novias de los soldados.

—Tiene oído el chico, lo caza a la primera —dijo el tío Amable al oírme tocar mi primera mazurca.

Yo creo que lo dijo para que la abuela le preparase otra morcilla. Le chiflaban las morcillas de la abuela. Era un tipo listo mi tío Amable, por eso enamoraba a las jovencitas tocando pasodobles. «Un rompecorazones», decía mi madre; «un verbenas», decía mi abuela. Yo de mayor quería ser como él, quería ir de fiesta en fiesta por los pueblos, como antes de la guerra, besar a las chicas y sacarme unas buenas perras. Solo me faltaba tener un acordeón. Mi madre me prometió que en cuanto entrara en la mina de guaje, como aprendiz, mi primera mesada sería para el acordeón. A condición, eso sí, de darle unas pesetillas de las que yo me ganase por ahí en las fiestas.

Y en esas estaba yo, pensando en músicas y acordeones, cuando se abrió la puerta de la casa, apareció Margarita y pegó un grito que se oyó hasta en Bilbao.

Yo no quería asustarla.

—Soy yo, Margarita —susurré con una sonrisa.

—Pues claro que eres tú, eso ya lo veo, pero ¿qué haces aquí?

—Venía a despedirme —dije lanzándome como un valiente.

—¿Dónde vas? ¿Al dentista de Palencia? —me soltó Margarita apartándome de un manotazo para meterse en el corral.

Mi perra se plantó delante de mí gruñendo. No le gustaba nada cómo me trataba.

—Aparta, Greta, quédate ahí —dije yo con aires de dueño y entré en el corral tras Margarita—. Pues me voy para Oviedo.

Margarita tomó una cesta y hurgó en los ponederos de las gallinas que estallaron en un alboroto.

—¿Y a mí qué? Vete a donde te parezca y no molestes.

Tomé aire y lo solté.

—Es que me gustaría darte un beso.

A punto estuvo de caérsele un huevo al suelo.

—¿Tú estás tonto?

—Es que quizá no vuelva, es muy peligroso.

—A mí como si te fusilan.

Margarita no era lo que se dice una chica compasiva ni tierna.

—Mi padre está en un campo de prisioneros y yo le traeré a casa.

—¿Estás sordo? Me importa un bledo lo que hagas o dejes de hacer.

Y entonces me acordé de una frase que le había oído a mi tío Amable.

—¿Sabes que estás muy guapa cuando te enfadas?

A él le funcionaba, pero a mí no. Margarita me soltó un sopapo e, inmediatamente, Greta ladró furiosa.

Las dos tenían mucho carácter, aunque debo reconocer que la una me adoraba y la otra no tanto.

No me apetecía ponerme a discutir con Margarita a las seis de la mañana y preferí dejarla con una brizna de mala conciencia.

—Cuando sepas que me han matado, te arrepentirás de no haberme dado un beso.

Ni me contestó, y creo que eso me dolió más que el bofetón. La indiferencia duele más.

Puesto que me parecía muy triste lo de marcharme a secas, decidí despedirme de mis vacas. Acerté. Mis vacas, aunque fueran algo desobedientes y algo tozudas, me querían más que Margarita.

—Me voy para Oviedo a traer a mi padre a casa, pero os dejo con Tomasín, mi hermano. Es buen chaval y tiene buena puntería. Lo digo por ti, Pinta, que ya le advertí que coceas. Tratadlo bien.

No entendieron un pimiento, pero mugieron a coro y eso, aunque fuera una estupidez, me dejó más tranquilo.

Y así me marché de Barruelo, con la mejilla como un tomate, el recuerdo del mugido de mis vacas, mi perra correteando entre mis piernas y la certeza amarga de saber que, si alguna bala me alcanzaba, ninguna chica lloraría por mí.

La mejor perra del mundo

Al despuntar el sol, Greta y yo salíamos del pueblo a buen paso. Ninguno de los dos sospechaba ni la mitad de lo que nos deparaba el destino. Tal vez de haberlo sabido no hubiéramos emprendido el viaje con tanto brío. En aquellos momentos me sentía algo así como el protagonista de una película americana, casi un héroe. Partía hacia lo desconocido en compañía de mi amiga leal.

Greta era una mil leches despierta, vivaz y muy guapa. Por eso mi padre le puso ese nombre, como Greta Garbo, la actriz que más le gustaba desde que la vio en el cine de Cervera protagonizando una película de espías muy famosa: *Mata Hari*.

Llevaba con nosotros desde cachorrilla, desde que la destetaron. Paula nos la regaló y nos dijo que su madre era muy buena manejando a las vacas y que me podría echar una mano. Aprendió el oficio en un santiamén, lo llevaba en la sangre. Un silbido y las flanqueaba por la derecha. Dos y les mordía la pata. Tres y se plantaba delante ladrándoles sin miedo.

Más lista que el hambre y más cariñosa que mi madre, que con tantos disgustos a la pobre se le habían quedado los brazos rígidos y ya no sabía ni dar abrazos. Greta movía la cola en cuanto me veía llegar, me saltaba al cuello y me dejaba empapado de lametones. De no ser porque era una perra, habría sido lo más parecido a una novia. Me quería de verdad. Me miraba con ojos tiernos y cualquier cosa que hiciese o dijese le parecía estupenda.

Yo no sé cómo hubiera sido mi viaje sin Greta, sin su calor, sin sus arrumacos, sin su olfato y su oído. Fijo que al primer susto me habría dado media vuelta y no habría parado de correr hasta casa.

La abuela me había explicado el camino y me fui por los altos, por la mina Mercedes pasando por Pamporquero, hasta Herreruela de Castillería.

El primer día dormí a las afueras de un pueblo, a resguardo de un muro, pero tuve mala suerte. Cuando el viento cambió de dirección, los perros nos olfatearon y comenzaron su coro de ladridos. Tuve que reprender a Greta para que no se sumase al jaleo y pronto me tocó cambiar el plan al darme cuenta de que las cosas se ponían feas. Se encendieron las luces de dos casas casi al mismo tiempo y se abrió una puerta con ruido de goznes oxidados.

Un hombre salió a grandes zancadas con una lámpara de carburo en una mano y la escopeta de cazar en la otra. Iba en dirección al corral y por sus gestos estaba clarísimo que la escopeta no era para amedrentar. Se le veía dispuesto a disparar si descubría al ladrón. Ya era el pan de cada día que los fugitivos que pululaban por los montes, muertos de hambre y de frío, robasen los huevos, la leche y las gallinas, y saqueasen los campos. Los campesinos habían aprendido a defenderse de los intrusos y no se andaban con chiquitas.

—¿Quién anda ahí? —le oí gritar con voz ruda.

—Ea, vamos —dije a mi perra mientras agarraba el hatillo y el zurrón y salía por piernas.

Greta me guio campo a través y esa noche la pasamos acurrucados los dos bajo el arrullo de una higuera y a salvo de los perdigones. No fue un buen comienzo, aunque lo peor aún estaba por llegar.

Seguí por la sierra del Brezo y atravesé el Pisuerga en Cervera. La siguiente noche dormí alejado de las casas, pero me acerqué imprudentemente al río y me desperté comido por las picaduras de mosquito. De tan cansado como estaba ni cuenta me di del festín que se pegaron a mi costa. Hay que ver cómo pueden ser de voraces esos bichos cuando un incauto se duerme en su territorio.

Me juré evitar las riberas de los ríos, pero al poco me di cuenta de que durante el día los campos de labranza eran demasiado abiertos, demasiado transitados. Levanté la vista y los ojos me quedaron prendidos del verde intenso de los bosques. Un buen escondrijo, me dije, así pues decidí continuar al abrigo de las montañas, bajo la sombra del Espigüete.

Trepé riscos arriba agarrándome a las rocas y desafiando las alturas. Greta, a mi lado, no se arredraba, aunque en algún tramo tuve que ayudarla y cargar con ella. Nunca había sentido vértigo, pero debo reconocer que mientras escalaba temerariamente, sin cuerdas ni ayuda, evitaba mirar abajo.

Una vez en la ladera, amparado en la cordillera, contemplé a vuelo de águila los campos de trigo dorándose al sol, los nidos de cigüeñas en las espadañas de las iglesias, los carros de los labradores cargados de hierba recién segada y los grandes rebaños de ovejas, como manchones blancos sobre el verde, en las riberas de los valles. Me consolaba pensar que ellos no me podían ver a mí, apenas un puntito coronando la cima del monte. La invisibilidad me hizo sentir poderoso y estúpidamente infalible y ese fue mi talón de Aquiles.

O tal vez fuera el conejo.

Greta lo olió primero, salió disparada tras él y lo persiguió hasta su madriguera. Lo acorralamos entre los dos y conseguí cazarlo. Lo desollé con la ayuda de mi cuchillo, encendí un fuego y esa noche cenamos como reyes. Nos repartimos el festín entre los dos. Yo la carne y ella los huesos.

Me dormí con el triunfo de mi primera cacería en los labios y el sabor del conejo asado en la boca.

La panza llena y la cabeza vacía, como un bobo.

El primer aullido me erizó los pelillos de la nuca. El segundo me electrizó. Al tercer aullido Greta arrancó a ladrar como una fiera y supe que estábamos en peligro.

Miré a mi alrededor y descubrí, horrorizado, que estaba absolutamente desprotegido. Un gran error que mi padre me hubiera reprochado, seguro. No había tenido la precaución de acampar contra un roquedal o al abrigo de alguna loma, guardándome la espalda. Todo lo contrario, estaba indefenso en medio de un bosque y los lobos, no sabía cuántos pero intuía que muchos, me acechaban estrechando un círculo mortal. Podían saltar desde cualquier ángulo y yo no podía defenderme a la vez desde todos los frentes.

Demasiado tarde para rectificar mi posición. Imposible huir, absurdo moverse. Los aullidos se intensificaron y cada vez sonaban más cerca. Nos estaban envolviendo como en una emboscada. Greta y yo, una perrilla y un cachorro humano, nos encontrábamos justo en medio de una manada de lobos hambrienta.

Greta no cesaba de ladrar hacia todos los flancos. Ella podía olerlos, yo tenía manos y cabeza. Pensé en armarme, pero únicamente disponía de un cuchillo que solo me serviría en un desesperado cuerpo a cuerpo. Un bastón, pensé, necesito un bastón grueso para ahuyentarlos. Y busqué con desespero a mi alrededor. La hoguera casi apagada, puros rescoldos, apenas me permitía ver más allá de mis narices. La luna, en cuarto creciente, se mecía entre las nubes como una bombilla mortecina. Ahora sí, ahora no. Y en una de esas pude verlo. Era perfecto, un tronco leñoso de encinar muy seco. En un rapto de lucidez reavivé el fuego. El fuego los espanta, me había dicho mi padre, mantenlos a distancia con el fuego. Acerqué el leño a las llamas hasta que prendió y lo alcé justo a tiempo para defenderme del primer ataque. Casi ni me dio tiempo a levantar el tronco y chocar con él. Había saltado como una exhalación, pero pude apartarme con agilidad y golpearlo con el leño ardiendo. Le chamusqué el pelaje, lo supe por el olor inconfundible y el aullido de dolor del lobo.

A pesar de mi pequeña victoria temblaba como una hoja, pero Greta, la cabeza erguida y las cuatro patas firmemente hundidas en el sotobosque, me infundió el valor que me faltaba.

Los aullidos cesaron y los dos, angustiados, no hacíamos otra cosa que voltearnos a un lado y a otro. El silencio era mucho peor que el ataque. Resultaba opresivo, amenazante. Imaginaba a los lobos relamiéndose el morro y riéndose de nosotros, de nuestro desconcierto.

El siguiente ataque fue más rápido, pero yo ya tenía práctica. Saltaron dos lobos a la vez. No caigas al suelo, mantente en pie, firme, eres más alto que ellos, me había dicho mi padre, la altura les impone. Y así lo hice, me mantuve erguido y procurando proteger mi garganta de sus fauces. Los golpeé antes de que pudieran clavarme los dientes y Greta les atacó a las patas. Tan pequeña y tan valiente. Aun así, uno de ellos me hizo un rasguño en un brazo. Grité y giré sobre mí mismo con el leño encendido.

Y huyeron.

Supe que si insistían más veces acabarían por vencerme. Me podría el cansancio o tropezaría o...

Y de pronto un tiro, dos, tres y el ruido sordo de un cuerpo al caer. Unos estertores de agonía y luego, nada.

Los aullidos se alejaron y los sonidos de pasos humanos se fueron acercando.

Me quedé inmóvil, con Greta a mi lado, y en un gesto absurdo coloqué el leño ante mi cara.

—¿Quién anda ahí? —pregunté con un hilillo de voz.

La risa me tranquilizó.

—Pero si es un niño, un niño y un perro. —Y rio con más ganas—. ¿Me quieres atizar a mí también?

Era un fugitivo con el uniforme raído, las botas agujereadas y la cabeza plagada de piojos. Un hombre que entonces a mí me pareció viejo, pero que no debía de tener más de cuarenta años.

—Valor no te falta, chico. Y a tu perra le sobra. Te la compro.

—Greta no está en venta. Es mi amiga —respondí de inmediato.

El hombre rio de nuevo, parecía afable, y me palmeó la espalda.

—Soy David Cernudo, de Bustillo.

Fuese quien fuese me había salvado la vida. Él y su escopeta. Probablemente una escopeta robada.

—Miguel Serna, de Barruelo.

Me explicó, chuperreteando los restos de conejo, que había escapado de una prisión de Lugo, aprovechando un traslado, y que volvía a casa. Que se escondería en algún pajar hasta que se calmasen los ánimos y que luego ya se las apañaría para reconciliarse con los que mandasen.

—Son los de siempre, hijo. Siempre han mandado los mismos. Los ricos.

Dormí lo que quedaba de noche junto a David Cernudo sabiéndome a salvo de los lobos y me prometí que al día siguiente bajaría al llano.

Nunca supe si los ricos del pueblo de David Cernudo fueron tan condescendientes como él suponía.

Viriato

Tras el ataque de los lobos bajé de las montañas hasta Cardaño de abajo. Pasé el río Esla y enfilé el valle haciendo paradas nocturnas en las aldeas de Salamón y Acebedo para abastecerme de comida. Maraña era el último pueblo antes de subir al puerto de Tarna y dejarme caer luego Nalón abajo, por la cuenca minera asturiana, tal y como había explicado la abuela.

Y Yago nos había dicho que él, caminando a buen paso, había hecho el camino desde Oviedo en diez días. Lo malo era que no recordaba el nombre del campo de prisioneros donde estaba mi padre, se le olvidó el detalle. A mí me tranquilizaba saber que preguntando se llega a Roma y que a Pascual Serna, de Barruelo, de la UGT, le conocía un montón de gente. Si insistía y era cabezón, seguro que daría con él.

El tiempo era bueno y al cruzar los bosquecillos picoteaba moras, arándanos y avellanas que, aunque aún estaban verdes, me parecían un manjar. Al bajar a los campos encontraba manzanas, peras y mazorcas de maíz. Y, si me atrevía a asaltar algún huerto, conseguía tomates, pimientos, cebollas y hasta patatas. Cada dos o tres días encendía un fuego, asaba las mazorcas y las patatas y las guardaba en el zurrón.

Yo no hacía ascos a nada, a pesar de que soñaba con alubias con chorizo, sopas de pan con leche tibia y morcillas. A poder ser, morcillas de la abuela. Pero no quería pensar en la comida, que para sobrevivir tenía suficiente. Y si el estómago me protestaba, lo hacía callar con pan duro y un cachito de queso que me reservaba por si acaso. La cecina y el chorizo ni olerlos, que eran para mi padre.

A mis trece años tenía buenas piernas y buen fuelle. Aún no había entrado en la mina y no se me habían estropeado los pulmones con el carbón y el tabaco, como les sucedía a los hombres. Sin embargo, pronto me di cuenta de que no tenía buen calzado.

Al cuarto día se me llagaron los pies. Natural, me pasaba diez horas triscando por barrancos y caminando por senderos pedregosos para evitar los caminos controlados por la Guardia Civil. Por las noches, cerca de los pueblos, tampoco encendía fuego, para no tener que dar explicaciones a nadie. A más de un chaval que llevaba comida a los hombres que se habían echado al monte lo habían trincado y lo habían molido a palos en el cuartelillo.

Los pies los remojaba en agua fría de los arroyos y los vendaba luego con una camisa que mi madre me había puesto en el hatillo. La rasgué y la hice tiras para tener vendas a mano. Prefería pasar frío a que me dolieran los pies. Aunque lo peor fueron las noches.

En cuanto se ponía el sol y reinaba la oscuridad salían los lobos y comenzaban mis pesadillas. Estaban lejos, pero los oía aullar y al cerrar los ojos soñaba que nos rodeaban y nos atacaban de nuevo. A veces Greta, quizá recordando nuestra hazaña, se erguía, olfateaba el viento y ladraba, como si pudiera tenerlos a raya con el mismo arrojo con el que mordisqueaba las patas de las vacas. Mi perra era más valiente que yo, que me tapaba la cabeza con la manta y deseaba despertar en mi camastro, a salvo de las bestias, junto a mis hermanos.

Por las noches, no sé si por el miedo, me daba por pensar y en lugar de dormir, como me pedía el cuerpo, la cabeza no paraba de darme vueltas y de imaginar lo que no era. Pensaba a menudo en el futuro y hacía mis planes. Confiaba en que ese invierno me diesen trabajo en la mina. Había crecido un palmo y ya soltaba gallos. Si me aceptaban entrarían pesetas en casa, ahorraría para mi acordeón y podría ir algún domingo de compras a Aguilar de Campoo. Yo no quería trabajar en el campo como mi abuelo y el tío Fidel. El campo mata, es para los muertos de hambre. El verano es un no parar: meter la hierba, segar el trigo, trillar el grano, recoger las patatas, siempre hincado de sol a sol con la piel resquebrajada y chorreando sudor. La mina sí que da dinero y en casa de los mineros con vacas, cerdo y un huerto nunca falta la comida. Yo me repetía todo eso convenciéndome de que la única esperanza de mi madre, mi abuela y mis cinco hermanos era mi futuro jornal de minero.

Pero a mí me hubiera gustado estudiar.

Me moría de curiosidad por saber lo que había pasado antes de que yo naciera en la tierra donde vivía. La historia era mi asignatura preferida y, a pesar del tiempo transcurrido, aún me acordaba de muchas de las cosas que nos explicaba el maestro don Esteban. Especialmente, de las hazañas de Viriato.

Me caía bien Viriato, tal vez porque era un pastor, como yo, pero lusitano. Luchó contra los romanos él solito, con un par de lo que hay que tener.

Como los hombres de Barruelo que se echaron al monte.

Como mi padre Pascual, que fue de los que hicieron la revolución en el año 34 y de los que fueron a la guerra en el año 36.

Viriato volvió locos a los romanos, un ejército invencible de legionarios disciplinados. Viriato no luchaba a campo abierto, lo suyo era la guerra de guerrillas. Se conocía los montes y los atacaba sigilosamente tendiéndoles emboscadas. Admiraba a Viriato porque no se conformó, plantó cara a los romanos y murió peleando.

Mi otro héroe preferido era Corocotta, un caudillo cántabro rebelde que se presentó en el campamento romano, se plantó ante Octavio Augusto y le dijo: «Vengo a cobrar la recompensa por mi cabeza, aquí la tenéis». Los dejó tan desconcertados que le dieron el dinero, aunque luego, como sucede siempre, también acabaron liquidándolo. Viriato y Corocotta terminaron sucumbiendo ante el más fuerte. Eso fue algún siglo antes de Cristo.

En el siglo xx Franco se alió con Mussolini y con Hitler y, aunque los soldados del norte lucharon con valentía, acabaron vencidos por la artillería de los fascistas italianos y de los aviones alemanes. Eran los más fuertes.

David Cernudo me había explicado que, tras rendirse, a muchos soldados los fusilaron, y que a otros como él los metieron en cárceles y en campos de concentración. Escapar, pudieron escapar bien pocos. Los padres de muchos amigos estaban muertos y enterrados.

Mi padre, en cambio, estaba vivo.

Vivo. Me repetía. Vivo.

Lo decía muchas veces para convencerme de que lo encontraría.

Pero... ¿y si no conseguía dar con él?, ¿y si estaba malherido?, ¿y si estaba enfermo?, ¿y si había muerto ya?, ¿y si me detenían a mí?, ¿y si me disparaban? Podían suceder tantas cosas.

Cuando me visitaban las dudas y tenía malos pensamientos, cerraba los ojos y me imaginaba el calor de la mano de mi padre sobre la espalda.

Y me dormía.

La promesa de una serenata y un beso

Tras diez días de caminata desde Barruelo, con los pies llagados y el estómago casi vacío, olvidé la prudencia y ya en las inmediaciones del puerto de Tarna me atreví a acercarme a plena luz a un caserío. El cansancio, el hambre y el miedo permanente a ser descubierto habían ido haciendo mella en mi ánimo. Me decidieron las fuertes rachas de viento que no me dejaban avanzar. El cielo encapotado amenazaba lluvia y yo, debilitado, necesitaba con todas mis fuerzas guarecerme del frío aunque solo fuese unas horas. En aquellos momentos, la paja de los animales se me figuraba como un lecho de lujo.

Me acerqué con sigilo a la casa, hice guardia durante largo rato y esperé a que la familia saliera al campo. Una vez completamente seguro de que no quedaba nadie, entré en el corral para descansar bajo cubierto.

Yo no quería coger nada que no fuera mío. Lo juro. Pero se me fueron los ojos tras los huevos y el barreño de leche recién ordeñada y no pude resistirme. El estómago me lo reclamaba. Cómeme, decía el huevo fresco. Bébeme, decía la leche dulce y espumosa.

Le hice caso al estómago y pegué un trago de leche, luego eché mano a un huevo, y a otro, y a otro. Los párpados se me fueron cerrando y caí dormido como un tronco sobre la paja caliente. Me despertaron los ladridos de Greta y unos gritos muy desagradables.

—¡Ladrón, más que ladrón!

No tuve tiempo de reaccionar y tampoco había escapatoria. Lo vi avanzar en mi dirección con una vara en las manos. El paisano era un hombre bajo, cejijunto y sanguíneo, con la cara curtida por el sol y las manos callosas de darle a la azada. Y estaba enfadado, muy enfadado. Imposible defenderme, me había pescado rodeado de las cáscaras vacías de los huevos delatores. Así pues, hice lo único que podía hacer, disculparme.

—¡Tenía hambre! Trabajaré un jornal para usted, soy bueno con las vacas y con el dalle.

Pero no le ablandé. Él sí que me ablandó el culo, me lo dejó fino, que si no llega a ser por su mujer, que se interpuso entre los dos, me quedo sin poder sentarme durante un año. Greta, mientras tanto, mordisqueaba con saña sus botas, inútilmente.

—¡Detente, no seas bruto! —exclamó la mujer asiendo con fuerza la mano de su marido—. ¿No ves que el chaval tiene hambre?

—Pues que vaya a comer a su casa.

—¿Y si está lejos de su casa como nuestro Juan? ¿Quién dará de comer a Juan?

Las mujeres son muy compasivas y muy persuasivas. Ese Juan sería su hijo y estaría en el monte, o huido, o en la cárcel, a saber. El hombre se quedó silencioso unos instantes y bajó la vara.

—Gracias —musité a la señora.

Y me di cuenta de que el escándalo había atraído a otras muchas caras diminutas que nos contemplaban desde la puerta de la cuadra. Me recordaron las caras de mis hermanos. Unos pilluelos curiosos que se asombraban de cualquier novedad. Pero entre todas las caras me quedé con una, la de una chica pecosa, de ojos verdes y largas pestañas que se mecían abanicando su bonito rostro.

—¿Cómo te llamas? —me preguntó la mujer ofreciéndome un vaso de leche recién ordeñada.

—Miguel, señora, y vengo desde muy lejos, desde Barruelo de Santullán.

—¡Válgame Dios! ¿Y qué haces tan lejos de tu casa?

—Mi madre me encargó que fuera a por mi padre, lo tienen en un campo de prisioneros cerca de Oviedo. Le llevo cecina y chorizo.

Debo decir que los impresioné. Se quedaron con la boca abierta.

—Pero... pero ¿tú sabes lo que es un campo de prisioneros?

—No, señora, no he visto nunca ninguno. ¿Está cerca?

Los campesinos se miraron y pegaron un soplido.

—Anda, pasa, pasa a la casa y te comes unas buenas fabes que te las has ganado. Y vosotros, ¿no tenéis nada más que hacer que mirar a los forasteros?

Los chavales salieron pitando, excepto la chica, que se quedó inmóvil.

—¿Y tú qué haces aquí? ¿No tendrías que estar en el monte? —le increpó el padre.

Las pestañas subieron cinco veces, que las conté, se le arrebolaron las mejillas y suspiró.

—Se me escapó la extremeña.

Su padre, que parecía muy dado a enfadarse, tomó la vara con malas intenciones.

—¿Qué te dije yo? ¿Qué te advertí? Con la extremeña no puedes distraerte, que hay que ir con los ojos muy abiertos.

—¡Yo puedo ayudarla! —grité.

Me salió sin pensarlo demasiado. Y no porque yo fuera valiente ni torero, sino porque sabía mucho de vacas rebeldes y, sobre todo, porque tenía a Greta.

Además, la chica de las pestañas airosas era muy guapa.

—Mi perra la hará volver, se lo aseguro.

El hombre miró a su mujer y asintió.

—A ver si es verdad y te ganas esa comida.

La muchacha me sonrió como si fuera un ángel.

—Pues vamos.

—¿Y las fabes? —me recordó la madre.

—Luego —musité.

Y sacrifiqué un plato de fabes por la sonrisa de Covadonga, un nombre precioso pero demasiado largo.

—Puedes llamarme Cova.

Cova tenía una voz suave como sus pecas y para subir más deprisa al prado donde se le había escapado la extremeña me cogió de la mano, con toda naturalidad, y tiró de mí peñas arriba. Se sabía el camino de memoria y tenía las piernas recias. Sus trenzas, tirando a rojizas, iban volando junto a ella, a merced del viento. Como su falda, como sus palabras. Me embrujó.

—Es malísima, desde que padre la compró solo me ha traído problemas.

—Bah —dije yo muy convencido—. A mí seguro que no se atreve a cocearme.

Covadonga me puso en antecedentes.

—La extremeña embiste.

Pronto lo averigüé en propia carne. Era muy salvaje, se revolvió cuando menos me lo esperaba, bajó la testuz y se echó hacia mí con toda su potencia. Salté dos veces por los aires, pero a la tercera no pudo conmigo. Me puse sobre su lomo, la agarré por los cuernos y Greta se plantó delante de ella cortándole la retirada a ladridos y a mordiscos. La redujimos entre los dos y la condujimos de nuevo hacia donde estaban las otras.

Regresamos a la casa con el sol escondiéndose tras la cordillera, un escenario que invitaba a las confidencias.

—¿De verdad que tocas el acordeón?

—De verdad.

—Y si te pido que algún día me toques una canción, ¿lo harás?

—Lo prometo.

—Pues yo estoy segura de que encontrarás a tu padre y lo sacarás de ahí.

Lo dijo con tanto convencimiento que hasta me lo creí. Todo sea dicho, no iba yo muy convencido por aquel entonces.

—¿Y por qué estás tan segura?

—Porque eres muy valiente y tienes palabra.

Primera noticia. Yo me tenía por un cobardón y lo de la promesa era para vacilar, que para eso los chicos de Barruelo nacemos enseñados.

—Y además eres muy guapo.

Eso sí que me descolocó del todo. Nunca antes me habían dicho que fuera guapo. A lo mejor sí, a lo mejor llegaría a ser tan guapo como mi padre y mi tío Amable, que tenían fama de ser los más guapos del valle.

Me aproveché de las circunstancias mientras bajábamos la cuesta correteando.

—Y si te toco una canción, ¿me darás un beso?

Con el rabillo del ojo vi cómo se sonrojaba.

—Te lo daré. Yo también tengo palabra.

—Y si me matan, ¿llorarás por mí?

Se detuvo, abrió sus enormes ojos y detecté una brizna de lagrimilla en el izquierdo.

—Pero a ti no te van a matar —boqueó asustada—. ¿A que no?

Fue un instante de felicidad absoluta. Una chica estaba a punto de llorar por mí con la misma pena que las novias de los soldados que se iban al frente.

—Claro que no, tonta.

Las fabes me supieron a gloria y la noche que pasé en su pajar me hizo olvidar el frío de los montes.

Covadonga y las fabes de su madre fueron lo más sabroso y dulce de mi aventura.

Un atisbo de esperanza

De buena mañana me despedí de la familia de Covadonga y emprendí el ascenso al puerto de Tarna con las fuerzas renovadas y el corazón alegre.

Desde lo alto del puerto vi el mar por primera vez. Era un día claro y soleado de julio, al filo del amanecer. Tuve que trepar a una peña para que no me lo tapara la cordillera. No había ni una nube y visto así, a lo lejos, el mar parecía un prado pintado de azul. Estaba muy quieto, salpicado de diminutas manchitas blancas que supuse que serían barcos. Aunque no pude olerlo ni oírlo, me dejó impresionado. Parecía tan inofensivo como una vaca coja, pero engañaba. Más tarde supe que el mar, cruel como el lobo, se cobra vidas inocentes sin derramar ni una lágrima por ellas.

Pronto, muy pronto me impresionaron cosas mucho peores. En el fondo del valle del río Nalón, tallado a pico entre las laderas de hayedos, me di de bruces con un pueblo convertido en escombros, un cementerio de casas en ruinas, más negras que el carbón de las minas. Era Tarna o lo que quedaba del pueblo de Tarna que había existido antes. O sea, nada.

Una mujer con pañuelo negro en la cabeza, sayas largas y ojos tristes me acompañó un trecho de camino y me explicó que allí había nacido ella. Me dijo que primero fue bombardeado por los aviones alemanes, luego tomado por las tropas nacionales y finalmente incendiado por los republicanos que intentaban no perder ese último bastión del frente norte.

—Vino el generalillo Franco y el hombre fingió apenarse. Echó las culpas a los republicanos y juró que no quedaría ni uno. —Escupió al suelo con rabia contenida—. Y lo está cumpliendo.

Un escalofrío me recorrió la espalda, y eso que no hacía frío precisamente.

Le pregunté a la mujer por los campos de prisioneros.

—Ay, rapaz, de esos tenemos muchos por aquí. Más de los que querríamos. Los mozos que no fusilaron están presos y a las mujeres no nos quedan lágrimas para llorar. —Enumeró con los dedos resecos—: Tenemos el de Infiesto, el de Pola de Siero, el de la Cadellada, el de Arnau. —La mujer suspiró—. Ahí están mi nuera y mis nietos.

Me dejó de piedra.

—¿Cómo? ¿A las mujeres y a los niños también los meten en campos de concentración?

—Si yo te contase...

No hacía falta, yo ya había visto con mis propios ojos fusilar a mujeres y chavales. Sin ir más lejos, mi amigo Joaquín, dos años mayor que yo, que se negó a cantar el *Cara al sol*. Aunque mi abuela dijo que lo del

Cara al sol fue una excusa, que en realidad había sido una venganza contra su padre que se había pasado al maquis y había atacado a una patrulla de la Guardia Civil.

—¿Cuál queda más cerca?

—Infiesto —afirmó sin dudar.

Y me dirigí hacia Infiesto, que quedaba al este de Oviedo.

Subí un puerto y transité durante dos días por senderos remotos por los que no pasaba ni un alma. Llegué lloviendo a mares. El lodo me empapaba las alpargatas y las vendas de los pies. El agua me chorreaba por la cabeza y yo, como podía, intentaba proteger los restos de pan, queso, chorizo y cecina que guardaba para mi padre. Me tuve que refugiar en una cabaña de pastor.

Durante la noche tronó y relampagueó de lo lindo y Greta y yo, acurrucados y asustados, esperamos a que amainase. Dormí en el pajar y reemprendí la marcha al día siguiente, tiritando. Unos kilómetros más allá me vino a la nariz un olor nauseabundo. Caminé un poco más y en un recodo del camino, al alcanzar el angosto valle por el que discurría el río Piloña, pude ver un enorme lodazal rodeado de alambradas. Dentro se hacinaban montones de cuerpos.

No podía decir que fuesen personas. Eran cuerpos. Tan delgados como perros famélicos, tan amarillos y tan arrugados que parecían las hojas de un libro de misa, tan cansados de vivir que aunque te mirasen no te veían. Eran muertos vivientes. Al acercarme a la alambrada unos cuantos se aproximaron con las manos extendidas.

—Eh, chico, ¿traes comida?

No podía alimentarlos a todos, pero a los pocos que se acercaron les ofrecí unas manzanas que acababa de recoger en un campo de las afueras.

Las devoraron enteras, con el corazón y todo. Uno se atragantó y a punto estuvo de palmarla.

—Estoy buscando a Pascual, de Barruelo. Un minero de la UGT.

Se miraron entre ellos y se encogieron de hombros.

—Aquí somos muchos.

—Miles.

—Y mueren como ratas.

—A saber.

—Anoche murió Esteban, el de Cudillero.

—Pobre hombre, esa herida era muy fea, se lo dije.

Se me cayó el alma a los pies. Hablaban como si morirse fuese lo más natural del mundo.

—Es mi padre —susurré con un hilillo de voz.

—¿Y dices que es de Barruelo? ¿Minero? —preguntó un hombre que llevaba unas gafas anudadas con cordel sobre la nariz.

—Sí, señor.

—Creo que...

Quise taparme los oídos para no oírlo. No quería oír esa palabra otra vez. No quería ir a casa con la noticia de que mi padre ya no estaba.

—Aguarda un momento —dijo antes de darse media vuelta y dejarme con el corazón en un puño.

Esperé un tiempo que me pareció una eternidad. Para entretenerme lancé piedras a Greta. Cada vez más lejos, más lejos. Hasta que oí una voz que me llamó por mi nombre.

—¡Miguelín!

Me giré y me encontré cara a cara con el hijo de Reme. Cuando se alistó tendría los dieciocho recién cumplidos, pero ahora parecía el padre de Reme. Había envejecido cien años.

—¡Segis!

—¿Cómo está mi madre? ¿Y mis hermanas?

El pobre estaba tan ansioso que le di noticias tranquilizadoras.

—Muy majas tus hermanas, están hechas unas mozas, y tu madre pues trasteando con el huerto y las vacas. Como siempre.

Se relajó. También él temía oír malas noticias, se lo noté en la cara. Y es curioso porque no se me había ocurrido que los hombres que estaban en la guerra sufriesen por la vida de los suyos y se temiesen lo peor. No le conté que a su madre y a su hermana mayor las raparon y les dieron aceite de ricino. ¿Para qué?

—Buscas a tu padre, me han dicho.

Asentí expectante.

—Nos separamos en Santander en el 37. Él pudo embarcarse para Gijón, pero mi batallón se rindió. No he sabido nada más.

—¿Y desde entonces estás preso?

Segis se encogió de hombros como diciendo: es lo que hay. Mi asombro era auténtico. Nadie podía sobrevivir un año largo en las condiciones que yo veía con mis ojos. Claro que él era de los jóvenes.

—Diles a mi madre y a mis hermanas que estoy bien. ¿Lo harás?

Era una mentirijilla. Segis no estaba bien, pero estaba vivo.

—Lo haré.

Sonrió.

—Si supiese escribir, les echaba unas líneas. Eso les gustaría.

—Yo sé escribir —se me escapó.

La voz corrió como la pólvora y al poco nos rodeaba una multitud de hombres que me pedían que escribiese a sus madres, a sus novias, a sus mujeres.

Me asusté.

—No tengo papel ni lápiz —me justifiqué.

—¡Ea, ea, dejad al chaval tranquilo! —gritó Segis para alejarlos de la alambrada.

Se marcharon cabizbajos, desanimados. Eran todos analfabetos y ni siquiera podían escribir a casa para avisar a sus familias que estaban vivos. Como mi padre, que tampoco había pasado por la escuela. Sus padres le dijeron que era de señoritos.

—Prueba en Pola de Siero —me sugirió Segis antes de despedirse—. Me han dicho que por allá hay gente de Barruelo.

Y para Pola de Siero me fui, en línea recta, siguiendo el valle encajonado entre las rocas que resguardaba a su Virgen de la Cueva. Pero ya no caminaba tan seguro ni pisaba tan fuerte. Ahora ya sabía lo que era un campo de prisioneros y temía que mi padre, que no era tan joven como Segis, no hubiese sobrevivido.

Por el camino aproveché para llenarme el zurrón de provisiones. Tomates, berzas, patatas y muchas manzanas.

Esa noche dormí saboreando su zumo ácido y recordando las muecas de placer que una simple fruta podía provocar en un hombre hambriento.

El milagro de Pola de Siero

Me desperté de buena mañana y continué mi ruta hasta dar con una ciudad, la primera que veía en todo ese tiempo. Pola, capital del valle, estaba repleta de gente y de edificios. Había una iglesia dedicada a San Pedro, un gran ayuntamiento de piedra, dos palacios y cuatro casonas. Pero lo mejor era su plaza de las Campas, repleta de mercaderes, de ganaderos, de bares y de paisanos de las vegas cercanas que bajaban al valle a comprar y a vender.

Después de tantos días de viajar solo y en silencio, el ruido de las conversaciones me aturdió. Quise atender a las noticias, pero apenas lograba comprender las palabras de los asturianos, de acento cerrado y hablar locuaz.

Sentía que me flotaba la cabeza y que los ojos se quedaban embobados en las imágenes de los quesos y los chorizos. Cuando mi estómago comenzó a rugir, comprendí que estaba mareado de hambre. Llevaba un par de días de dieta frugal de manzanas. Hurté un panecillo caliente, lo devoré con ansia y con el estómago aplacado pregunté. Me indicaron el camino y me dirigí al campo de prisioneros, en las afueras.

El campo estaba en una explanada junto al río, vallada por alambres y con unos barracones donde refugiarse en caso de lluvia.

Había salido una punta de sol y los hombres deambulaban de aquí para allá, sin rumbo, secando sus ropas y girando las caras hacia ese rayo de sol tibio que se filtraba entre los nubarrones. El paisaje humano era el mismo. El hedor, las caras arrugadas, los cuerpos esqueléticos, los hombros caídos, las ropas sucias, los restos de uniformes despedazados.

Los miré desde la alambrada con la esperanza de distinguir una cara que ya me resultaba borrosa por el tiempo. ¿Reconocería a mi padre si lo viese? Escuchaba su voz, sentía su mano, pero sus rasgos ya no los tenía tan presentes. ¿Cómo era su nariz? ¿De qué color eran sus ojos? Solo recordaba la fotografía de bodas que mi madre tenía todavía en la vitrina del comedor de casa. Los dos muy jóvenes, muy sonrientes, sin hijos correteando a su alrededor, con la vida por delante. Él parecía un chavalín.

Y de pronto Greta, sin avisar, comenzó a ladrar como una loca de aquí para allá, removiendo la cola y buscando un hueco para pasar al otro lado de la alambrada, como cuando estaba en celo y olía un macho.

—Greta, quieta, no...

Demasiado tarde. Se había escurrido bajo los alambres y se había colado en el campo.

—¡Vuelve! ¡Greta, vuelve!

Ni caso. Lo que me faltaba, mi perra prefería a un perro que a su amo. No se podía ser más inoportuna.

Me senté a esperar y entorné un instante los ojos, apoyándome en el tronco de la alambrada. Estaba cansado y desanimado. Jamás encontraría a mi padre.

No sé cuánto rato pasó hasta que un ladrido me hizo levantar la cabeza. Y al mirar hacia el otro lado, respondiendo al aviso de mi perra, lo vi.

Era un hombre flaco, pero todavía fuerte y bastante guapo a pesar de sus arrugas, sus cabellos entrecanos y sus dientes oscurecidos por el tabaco.

No podía ser verdad. No podía ser mi padre ese que estaba junto a Greta. Me miraba fijamente, asido a la alambrada. Me puse en pie como atontado y me acerqué. Él pasó su mano a través de los pinchos y me acarició la mejilla con incredulidad.

—¿Miguelín? ¿Eres tú?

—¡Padre! —exclamé emocionado.

Y entonces sucedió un milagro. Mi padre abrió la boca en una hermosa sonrisa tan grande como el Pisuerga y sonrió.

—¡Hijo! —gritó.

Y luego comenzó a reír, a reír de alegría. A palmear a Greta riendo y gritando.

—¡Es mi hijo, es mi hijo Miguelín! —proclamaba a los cuatro vientos.

Tomasín estaba de suerte: nuestro padre seguía vivo y aún no había olvidado la risa.

Segunda parte

Si me quieres escribir...

A Federico García Lorca

Se le vio, caminando entre fusiles,
por una calle larga,
salir al campo frío,
aún con estrellas, de la madrugada.

Mataron a Federico
cuando la luz asomaba.

El pelotón de verdugos
no osó mirarle la cara.
Todos cerraron los ojos;
rezaron: ¡ni Dios te salva!

Muerto cayó Federico
–sangre en la frente y plomo en las entrañas–.
... Que fue en Granada el crimen,
sabed –¡pobre Granada!–, en su Granada.

ANTONIO MACHADO, «El crimen fue en Granada»

Los amigos de mi padre son mis amigos

Le ofrecí la cecina, el chorizo y el queso que mi madre me dio para él. Un poco mordisqueado, reconozco, pero no se notaba. Lo miró sin creérselo, oliendo el chorizo, lamiendo la cecina, como si fuera oro.

—¿Sabes que no he probado un pedazo de carne en meses?

—Pues anda, no te lo pienses más —le animé impaciente.

—Esos tampoco —me indicó mi padre señalando a sus compañeros.

—Pero esta cecina y este chorizo no dan para tantos —protesté yo, que lo había cargado más de doscientos kilómetros.

Mi padre sonrió mientras acariciaba a Greta, que no se movía de su vera.

—¿A que te hace feliz verme comer?

Exactamente, estaba esperando a que hincara el diente para sentir un placer parecido al de comerlo yo.

—Pues eso mismo me ocurre con mis compañeros. Si ellos comen, yo seré feliz. Lo repartiremos.

Los invitó a acercarse con un gesto y, a mi pesar, les ofreció pedazos de queso, carne y chorizo.

—Tú también, anda, que te lo has ganado.

—Que no, que no quiero, que era para ti solo —me enfadé.

Me di la vuelta y no quise verlo. Pensé que si mi madre se enteraba de que padre había desperdiciado el sacrificio de ese largo viaje, se las tendría conmigo.

Sin embargo, mi enfado no duró mucho, abrí los ojos y vi que los hombres, a pesar de su hambre, habían sido respetuosos con la comida de mi padre y que le habían dejado los pedazos más grandes. Masticaban despacio la carne y respiraban entre bocado y bocado, como si no acabasen de creérselo. Más de uno prefería oler el chorizo y hasta tocarlo, para convencerse de que era de verdad.

Mi padre me ofreció mi ración con una sonrisa.

—Anda ten, esta es tu parte, una ración de hombre.

La acepté mirando a sus compañeros cara a cara. En verdad me sentía como ellos. Había llegado hasta allá solo y sin ayuda.

El chorizo me supo mejor en compañía. Mientras degustaba la comida lentamente, como ellos, mi padre me fue presentando a algunos de sus amigos.

—Este es Julián Macho, un minero de Orbó, no te acerques mucho que tiene malas pulgas.

—Ni caso, Miguel —me dijo Julián—. Tu madre es una santa, y tú un valiente. Mis respetos a los dos.

—Y este de aquí que no habla más que de su mujer es Delfín Bustillos, de Monasterio, de donde el tío Fidel, minero de San Cebrián.

—Hay que ver los huevos que tienes, chaval. Venirte solo desde Barruelo. —Me palmeó Delfín—. Pues no hay lobos ni nada.

—A punto estuvieron de acabar conmigo —le respondí recordando el incidente. Aún me temblaban las piernas al pensar en ellos.

—Lo que te diga yo. Siendo hijo de Pascual, algo habrá heredado —apostilló Avelino Arroyo, un obrero de Mataporquera.

Rieron fuerte y me uní a la risa.

Padre tenía toda la razón. Me sentía feliz por haber proporcionado una alegría a aquellos hombrones. Probablemente, mi regalo fuera su primera ocasión de celebrar algo y escapar del fatalismo atroz que reinaba en el campo y que se contagiaba como una epidemia.

—Has crecido mucho y estás muy guapo. Debes traer locas a las chicas —se enorgulleció mi padre.

Me sonrojé, claro.

—Acerté, tienes novia. —Me cazó señalándome con el índice.

—Novia, lo que se dice novia, pues no..., pero...

—¡Pero, pero, pero! —gritaron todos haciendo sonsonete.

—Los peros son los que cuentan, hijo, tú dale a los peros y al final te saldrá la novia —me aclaró mi padre con un guiño.

Y yo me reí, medio avergonzado, pensando en Cova y en ese beso que me prometió.

Me sorprendió que los hombres no acabaran sus raciones. Las guardaban en los bolsillos raídos con mucho cuidado, como si fueran un tesoro.

—¿No coméis más?

Me respondieron con una mueca incierta que no acerté a comprender. Se esforzaban en ser amables a pesar de su evidente debilidad. Algunos de ellos tenían heridas mal curadas que olían a putrefacción y todos sin excepción estaban en los huesos.

—Está muy rico, hijo, pero si comemos demasiado, nos duele el estómago —me explicó mi padre.

—Ya no está preparado para la comida —me aclaró Lucio Blanco, de la Naval de Reinosa, que tenía aspecto de haber sido un tripero.

—Solo chuscos —se lamentó Avelino, añorando las morcillas.

—Y sardinas —les recordó Feliciano, un marino de Suances—. La clave está en las sardinas.

Y medio rieron por un chiste que yo no entendí y que entendería mucho más tarde. Me di cuenta de que reían para no morirse de pena y de que cualquier excusa era buena para vivir la vida al momento.

Nos dejaron solos, llevándose a Greta con ellos, y mi padre me hizo explicarle con pelos y señales cómo habían crecido todos y cada uno de mis hermanos. No podía creerse que mi hermana Tina, que acababa de cumplir los doce, fuese tan alta como madre.

—Que sí, que las chicas se estiran antes y les crecen las tetas y se ponen muy tontas.

—¿Y los chicos le dicen cosas?

—Pues claro. ¿Qué te crees?

A mi padre le quedó cara de bobo al imaginar a Tina convertida en una moza. Los padres no llevan bien eso de que las hijas se hagan mayores. Les da miedo o nostalgia, a saber. Luego repasamos juntos los dientes de leche que se les habían caído a los gemelos y las palabras que ya sabía decir Chusa, la pequeña.

—¿Ya habla?

—No calla esa, todo el día cotorreando.

Mi padre no daba crédito.

—Pero si cuando os dejé aún chupaba de la teta.

—Pues tendrías que verla ahora.

Dos años es mucho tiempo y hasta le sorprendió que Tomasín, de diez, ya fuese capaz de quedarse con las vacas.

—Y chuta muy bien —añadí para hacerlo feliz.

Conmigo no consiguió nunca que fuese un buen delantero centro. Y en cambio mi hermano Tomasín tenía un derechazo de envidia.

El tiempo nos pasó volando y a media mañana la alambrada se fue llenando de mujeres y niños que se acercaban a los hombres. Les llevaban comida, agua, y algunos acariciaban las manos de sus novias entre los pinchos de los alambres oxidados y hasta se atrevían a besarlas.

—Son asturianos. Tienen suerte de tener a la familia cerca —me aclaró mi padre al ver que yo los contemplaba asombrado.

—Pues ahora yo estoy cerca y soy tu familia —afirmé muy convencido.

Mi padre me sonrió.

—Tú te vuelves para casa y le dices a tu madre que la quiero mucho, que estoy bien y que pienso en ella a todas horas. ¿Se lo dirás?

Me quedé callado. Ya entendía por dónde iba. Me quería echar.

—Se lo dirás tú. Yo me quedo contigo.

Mi padre dudó y yo aproveché su desconcierto.

—Si tú te crees que me he pasado quince días jugándome el pellejo y buscándote para luego dejarte tirado, vas fresco.

—Vamos a ver, Miguel, este no es un sitio para niños.

—Ya no soy un niño.

—Puede ser peligroso.

—Yo te traeré comida y no te perderé de vista, como madre me dijo que hiciera.

—¿Y qué más te dijo tu madre?

—Que en cuanto pudiera te llevara para casa, que los falangistas te tienen en la lista negra y la amenazaron con hacerte desaparecer.

Y esa vez sí que se rio con ganas. Le caían las lágrimas de la risa.

—Hay que ver la idea que tienen las mujeres de la guerra. Hay que ver.

No sé por qué me ofendió que un soldado creyera que en la retaguardia no se sufre.

—Ella también ha pasado una guerra y la detuvieron y la raparon, y le pegaron y le hicieron tomar aceite de ricino y nos quitaron las vacas y el cerdo y la llamaron roja y pasamos hambre y cuando cayó Santander los falangistas entraron en casa de noche y nos sacaron de ella a vergajos para celebrarlo, y cuando supimos que estabas vivo le fueron a decir que te matarían y...

Me di cuenta de que había hablado de más. Mi padre se fue encogiendo y arrugando y quedó aplastado por la culpa. Me quise dar de bofetadas.

—Pero está bien, de verdad que está bien —añadí enseguida para arreglarlo—, solo que...

—¿Qué?

—Que le faltas tú.

Mi padre pegó un resoplido y me apretó la mano muy fuerte a través de la alambrada.

—Yo te ayudaré a escapar —susurré—, para eso he venido.

Y esa vez sus ojos me miraron con una tristeza infinita. Eran los ojos de un vencido.

—Miguel, hijo, eso es imposible. Nos tienen vigilados noche y día y si alguien lo consigue, sabe que está condenando a muerte a diez de sus compañeros. Es su escarmiento, ya ha ocurrido en dos ocasiones.

Me quedé sin aliento.

—Sí, hijo, sí. Un huido vale diez vidas. ¿Crees que alguien puede acarrear tantas muertes en su conciencia?

—Pero... pero no es justo —balbuceé yo.

—La justicia no existe, olvídate de la justicia. Esta guerra es muy mala y nos ha hecho mucho daño a todos, y no sabemos si lo peor aún está por llegar.

Nos quedamos mirando el uno al otro sin palabras. Y sin palabras lo entendí. Entendí que él y todos los hombres que estaban con él no tenían esperanzas y no sabían si vivirían para contarlo. Calculé cuántos miles, cuántos centenares de miles de hombres y mujeres estaban prisioneros en aquellos momentos. El maestro me decía que yo era muy bueno en cálculo y a ojo de buen cubero calculé que tan ricamente en el norte, que había caído enterito en manos de los nacionales, bien podía haber más de cien mil prisioneros de guerra. Y en el sur, que ni siquiera se resistió porque los tomaron desprevenidos, pues... no quería ni imaginarlo.

Los amigos de mi padre regresaron con Greta, que había hecho las delicias de los mineros y les había alegrado la mañana con sus ladridos y sus cabriolas.

Ante la sorpresa de todos se escurrió por el mismo agujero por donde había entrado, bajo el alambre, y salió enterita por el otro lado, donde estaba yo. Se sacudió la tierra que le había quedado adherida al pelaje y se echó sobre mí, comiéndome a lametones como si no me hubiera visto en un año.

—Qué lista que es esta perra.

—Y qué cariñosa.

—Lástima que no podamos hacer como ella, escurrirnos y fuera.

—Oye, chico —me interrumpió un minero sin dedos en la mano derecha—, ¿tú sabes escribir?

Y se me abrieron las puertas del cielo.

El escribidor de cartas

Para la señora Manuela Redondo de Bustillos
(Monasterio - Palencia)

Estimada esposa:

Me encuentro en el campo de prisioneros de Pola de Siero a la espera de saber mi destino. Estoy bien de salud. Todos mis pensamientos son para ti, para la niña y para mi muy querida madre. Espero volver a reunirme en breve con todas para poder abrazaros. Os quiero con toda mi alma.

Tuyo afectuosamente,

Delfín Bustillos

Delfín se quedó boquiabierto cuando le leí la carta para su mujer.

—Es muy fina, a ella le encantará.

La escribí como me enseñó don Esteban, con mucha educación, mucho respeto y una buena despedida.

Mira por dónde me había convertido en un escribidor de cartas.

—¿Y cómo la hago llegar? —me preguntó Delfín al entregársela.

El problema de Delfín y de muchos otros es que no tenían dinero para sellos. Yo estaba sin blanca. Esa mañana me había acercado a Pola acompañado de Greta y con la ayuda de un quiosquero republicano que me recomendó mi padre había alcanzado a conseguir lápiz y papel, que ya era mucho. Pero yo estaba fuera y él estaba dentro. Sin duda yo tenía más recursos que el pobre Delfín.

—Dámela a mí y ya intentaré enviarla —me ofrecí.

No quise pensar en el cómo y continué escribiendo cartas y más cartas. Greta, a mi lado, me observaba muy atenta, como si fuera mi ayudante, y saludaba a los que se acercaban a la alambrada con un ladrido afable. A aquellas alturas ya se sentía como en casa y salía y entraba del campo cuando le apetecía, sin pedirme permiso. Era una perra muy sociable.

Mi padre no hacía más que traerme nuevos clientes y durante toda la tarde se fueron acumulando las cartas una sobre otra. Al caer el sol me planteé seriamente si habría forma humana de hacerlas llegar sin sobre y sin sello.

Ojeé las direcciones. Se repartían entre todos los lugares de la geografía norte: Cantabria, Asturias, Galicia, Palencia... Se me ocurrió que los camiones que repartían la leche quizás pudieran acercarlas a su destino. Se lo comenté a mi padre, que me escuchó atentamente.

—Es una buena idea, Miguel, pero, vamos a ver, ¿tú a quién conoces aquí? La gente no es de fiar y si te equivocas de persona...

Tenía toda la razón. Si hubiese estado en Barruelo o Cervera, otro gallo cantaría, que yo sabía a quién podía pedirle un favor como ese y a quién mejor no acercarse.

—¿Y qué hacemos?

Después de todo el trabajo que nos habíamos tomado y de que los hombres creyesen que sus cartas llegarían a sus familias, resultaba muy duro explicarles que había habido un error de cálculo.

—Espérame.

Mi padre se reunió con un grupo de asturianos y estuvieron charloteando hasta que uno de ellos, más resuelto, pegó un silbido y habló con un muchacho a través de la alambrada.

El chico, más o menos de mi misma edad, se aproximó decidido hasta donde yo estaba. Greta se irguió y lo olisqueó con recelo, pero el asturiano le refregó cariñosamente la cabeza, y la perrilla, encantada, dio su aprobación al intruso agitando la cola.

—Dámelas —me dijo con la autoridad de alguien que está acostumbrado a mandar—. Yo las conseguiré acercar.

—¿Cómo? —quise saber antes de confiarle mi tesoro.

El chico miró a todos lados, cerciorándose de que nadie le escuchara y de que no hubiese ningún soldado a tiro de piedra.

—Todavía quedan algunos comprometidos por ahí. Y las mujeres también trabajan duro.

No entendí bien. Me hablaba en clave, como si yo perteneciese a alguna organización secreta.

—Dáselas —me dijo mi padre con un susurro, arrimándose a la alambrada—. Es un Argüelles.

Lo dijo con tal respeto que supuse que Argüelles era un apellido heroico.

Se las entregué sin rechistar y el chico, mirando a uno y otro lado con la rapidez de un hurón, se las escondió bajo su camisa y se esfumó en silencio.

Mi padre me habló de familias de resistentes, del maquis que yo ya conocía porque en Barruelo muchos hombres se echaban al monte a luchar, y de algunos partidos y sindicatos que sobrevivían en la clandestinidad a pesar de la represión. Miré a lo lejos al chaval que se alejaba con esas cartas repletas de amor, de esperanza y de bonitas palabras que harían que muchas mujeres pudieran dormir de un tirón después de dos años de sufrimiento.

Sentí mucha admiración por ese Argüelles. Llevaba una bomba de relojería en el pecho y se jugaba la vida por unos desconocidos.

Oscurecía y el toque de trompeta los llamó a formar.

—Buenas noches, hijo, has hecho un buen trabajo —me felicitó mi padre a modo de despedida.

Le entregué la manta que me había confiado mi madre para él y me dirigí hacia el bosquecillo de robles. Greta me siguió moviendo la cola tras un día de intensas emociones.

Al acurrucarme junto a mi perra me pareció oír el sonido de un acordeón. Quizá fueran imaginaciones mías, pero me adormecí con las notas de *Desde Santurce a Bilbao* y me olvidé de que estaba junto a un campo de prisioneros.

De buena mañana, el sonido de las trompetas tocando diana me pegó un buen susto. El sol ya calentaba las copas de los árboles.

Para cuando me acerqué al campo, todos los hombres estaban en pie con el brazo alzado y cantando el *Cara al sol*, bajo la atenta vigilancia de los soldados.

Se me llenaron los ojos de lágrimas al ver a mi padre entre ellos, con la cabeza baja, avergonzado y cantando quedamente.

Y entendí lo que era perder una guerra.

Perder una guerra

Los días que siguieron al primero fueron confirmando una rutina como cualquier otra, parecida a la de sacar las vacas al monte, la de ir a la escuela o la de segar los prados en verano.

Por las noches, con la ayuda de Greta vigilante y sabiendo que me avisaba al primer murmullo, me colaba en los huertos y arramblaba con frutas y hortalizas frescas. Por las mañanas peleaba en el mercado de Pola de Siero por un puñado de comida y algo de pan duro que repartía luego entre mi padre y sus amigos. Las tardes transcurrían plácidas entre bromas y conversaciones. Al principio me asombraba su resignación, que yo confundía con una cierta apatía, pero poco a poco fui comprendiendo. Sobrevivir cada día era su único objetivo. Su destino, por desgracia, no estaba en sus manos. Todos sabíamos que otros, a muchos kilómetros de distancia, acabarían firmando un papel que decidiría su suerte. ¿Por qué sufrir por algo incierto y sin fecha? ¿Por qué angustiarse absurdamente? Tal vez fuesen amnistiados, enviados a campos de trabajo o tuviesen que cumplir una pena de prisión corta. «La esperanza es lo último que se pierde», decían. Me acostumbré a compartir su inmediatez, su día a día de camaradería y optimismo comedido.

En la plaza de las Campas, donde se reunían las mujeres y los paisanos a vender quesos y verduras, se sabía todo y se trapicheaba con todo. Al principio pude negociar con unos pocos objetos de valor de los amigos de mi padre: un reloj, una pitillera de plata y un par de dientes de oro que canjeé por comida. Así me gané la confianza de algunos mercaderes. Yo escuchaba, sonreía y aprovechaba cualquier oportunidad. Si me pasaba a última hora de la mañana, me regalaban pedazos de queso grumoso, panes del día anterior y lentejas picadas, de esas que ya no podían vender.

Al acercarme al campo con mis regalos, ya desde lejos oía sus voces saludándome. Me esperaban impacientes y mi presencia los reconfortaba. Yo era algo así como su ángel, les llevaba noticias de fuera, alimentos y, si podía, hasta algún cigarrillo.

Me sentía útil. Y aunque hubiera preferido poder abrir las puertas de su prisión y ofrecerles la libertad, sabía que con mis palabras les regalaba una brizna de aire fresco y algo de esperanza.

Mi padre mejoró su aspecto, engordó un poco y tuvo más ganas de vivir. Lo notaba en su mirada más luminosa, en su frente que se fruncía menos y en esa risa que se le escapaba en los momentos más impensados y que, por contraste, me hacía pensar en mi madre y su tristeza.

Cuántas veces tuve la tentación de escribirle, aunque no lo hice para no comprometerla.

Dicen que todo sirve, que todo enseña y que, aunque queramos olvidar episodios dolorosos, no podemos desdeñarlos pensando que fueron inútiles.

Yo conocí a mi padre a través de las alambradas. Le escuché y él me escuchó a mí. Probablemente, si nuestra vida hubiera transcurrido con normalidad y él hubiera trabajado en la mina, no habría tenido tiempo de sentarse a charlar con su hijo. Y sin embargo, con las púas de hierro separando nuestros cuerpos y nuestras caras, le abrí mi corazón y le confesé cosas que jamás había osado decir a nadie.

—Es que yo hubiera querido estudiar. El maestro dijo que servía.

La noticia le pilló desprevenido, no sabía nada de mí ni de mis sueños, él había ido a luchar hacía ya cuatro años y había dejado a sus hijos atrás.

—¿Y por qué no lo hiciste?

—Madre no me dejó. Tenía que ayudar en casa.

—Si yo hubiera estado, otro gallo cantaría.

—¿Tú sí que me dejarías estudiar?

—¡Pues claro! Estando yo no te iba a faltar de nada.

Me emocioné. Mi padre me apoyaba.

—Me sacaría los exámenes estudiando por las noches y trabajando por el día donde Severiano.

Mi padre me sonrió a través del alambre.

—Ya lo sé, Miguelín, eres muy listo y muy tozudo, por eso escribes tan bien. A mí también me hubiera gustado ir a la escuela —me confesó muy quedo—, pero ni a la silla llegaba cuando me pusieron a ordeñar.

—¿Y no te quejaste?

—¿Quejarme? No tenía motivos. Desde los siete años ayudaba a la familia. El abuelo Marcelino, que murió joven, tenía trigo, cebada y animales. En mi casa nunca faltaba el trabajo ni sobraban los braceros, y yo limpiaba la cuadra, metía la hierba, acarreaba el abono, quitaba la nieve a paladas y ordeñaba las vacas.

—A lo mejor el año próximo puedo entrar en la mina, que ya admitieron a unos cuantos. Iría muy bien el jornal para casa —le expliqué.

—Yo entré en la mina a los doce, de guaje, ascendí a picador a los diecinueve y hasta que me casé, a los veintiuno, pasé el jornal de la mina enterito a la abuela. Ni una perra ahorré para mí. La abuela me daba calderilla para tomar vino con los amigos. Y cuando me eché a tu madre de novia, me las ingeniaba para comprarle algún regalo a escondidas de la abuela.

Mi padre tenía treinta y seis años y nunca me había hablado de su juventud. A veces los hijos pensamos que los padres no han sido nunca jóvenes.

—¿Estabais enamorados?

Miró lejos, recordando, y las facciones se le endulzaron al rememorar los viejos tiempos.

—Pues claro, Claudina, tu madre, era muy guapa. Nos casamos de negro en la ermita del Carmen. Hicimos convite para la familia, que en aquellos tiempos las cosas aún iban bien, pero al día siguiente entré a trabajar al sonar la sirena de la mina y tu madre, a la misma hora, ya echaba la comida a las gallinas y al cerdo. A los nueve meses y medio naciste tú, y luego tus cinco hermanos, que podrían haber sido siete porque tu madre perdió un par de chiquillos.

Me salió del alma la pregunta.

—¿Y nunca pensaste que te habías equivocado?

No dudó ni un segundo.

—Todos nos equivocamos, Miguel, que nadie nace enseñado y de las equivocaciones se aprende. Pero, ¿sabes lo que te digo?, que si volviera a nacer haría lo mismo. Que no me arrepiento de nada y nada hice mal.

Era mentira. De haber podido, mi padre habría impedido la muerte del hermano Bernardo, el director de los maristas. Eso sí que no lo perdonó nunca. Si hubiera continuado vivo, probablemente yo habría estudiado. Mi padre se ofuscó con su asesinato, pero luego se echó al monte, se olvidó del hermano Bernardo, se desentendió de sus hijos, como casi todos los hombres, y dejó que mi madre decidiese. Ella decidió que yo no estudiaría, y yo me tuve que conformar.

¡Y cómo me picaba la cabeza! Llevaba días rasca que rascarás.

—Vaya, tú también —me comentó mi padre señalándome.

Hacía ya tiempo que me molestaba, pero no había caído en la cuenta de que no era casual. Me estaban comiendo los piojos.

—Tendrás que raparte al cero. Les gusta la sangre nueva.

Malditos bichos.

El barbero se apiadó de mí, no me cobró nada y hasta le regaló un hueso a Greta. Regresé al campo a la anochecida con la cabeza afeitada, el zurrón repleto de manzanas y unas mazorcas asadas que repartí a través de la alambrada entre los compañeros de mi padre. Mi perra me echaba de vez en cuando una ojeada de asombro, como si no me reconociese, y me olfateaba las piernas para asegurarse de que continuaba siendo yo y de que no me habían cambiado por otro.

Me saludaron esforzándose en agradecer mi gesto con muecas cansadas que recordaban a sonrisas. Y me cayó más de una colleja.

—¡Calvorota!

—¡Te tomaron el pelo, chaval!

Sin el cobijo del pelo me sentía uno más. Pronto estaría tan sucio, delgado y harapiento como ellos.

Pero no era uno más. Ellos eran muchos y yo, en cambio, tenía que dormir con mi perra, en las afueras del campo, sin participar en sus conversaciones, sin compartir sus confidencias, sin la mano de mi padre sobre mi espalda. No me resignaba a la soledad.

Y esa noche comencé a concebir un plan.

Música de acordeón en la noche

Una semana después lo tenía todo estudiado y me lancé a intentarlo, convencido de que no podía fallar.

Esperé a que fuese noche cerrada. Había calculado la distancia máxima que recorrían los guardias de la ronda nocturna y había aguardado a que fuese luna nueva. Conté los pasos que daban y canturreé: uno, dos, tres, ¡YA! Seguí a Greta y me colé por debajo de la alambrada, por el mismo lugar por donde la perra había ido ensanchando el hueco del primer día. Ella pasó en un santiamén. Yo pude meter la cabeza y los hombros, que era lo más difícil, pero al impulsarme con los brazos me di cuenta de que algo me impedía avanzar. No lograba moverme. Estaba trabado, como si una mano invisible me sujetara la ropa.

Se me heló la sangre hasta que descubrí que mi camisa se había enganchado en la alambrada. Tiré fuerte produciéndome un desgarrón y al hacerlo una púa se me clavó en la espalda y me hizo sangrar, pero yo, con dolor y todo, continué serpenteando como un gusano y diciéndome: «Si Greta puede entrar, yo también».

El corazón se me salía por la boca, lo oía retumbar. TOC, TOC, TOC. Creía que se oía en todo el campo. Me detuve con la respiración entrecortada. Nadie, no había nadie. Y de pronto un alto.

—¡Alto! ¿Quién va?

Y una linterna se encendió unos metros más allá de donde yo estaba. Detrás de mí.

Creí que me moría del susto. Tenía medio cuerpo dentro y las piernas fuera. Aún estaba a tiempo de darme media vuelta y salir corriendo, pero habría sido peor porque me habrían disparado a dar, creyendo que era un prisionero en fuga. Así pues, mi única oportunidad era la huida hacia delante. Y eso hice. Metí las piernas dentro del campo, volteé un par de veces sobre el suelo polvoriento y me quedé estirado en el suelo, inmóvil. Era un bulto entre miles de bultos.

—¿Tienes un cigarrillo? —oí preguntar en voz alta y clara.

—¡Muy gracioso, Fernández! —contestó el primer soldado—. Un poco más y te frío a tiros.

Los soldados hablaban entre ellos sin verme. No me habían visto. Pero continué aguantando la respiración. Greta, tendida a mi lado, me lamió la nariz.

Oí el chasquido de una cerilla. Olí el humo dulzón del tabaco. Durante aquellos instantes me sentí como un auténtico prisionero en plena evasión y supe lo que era el miedo a morir cazado como una rata.

Los soldados se alejaron fumando y yo aproveché para arrastrarme unos metros y, junto a Greta, internarme en la penumbra del campo. Una vez a salvo me convertí en una sombra entre las sombras.

Nadie me esperaba, no había contado a nadie mi plan. El día pasaba volando, pero por las noches me sentía muy solo. Desde la oscuridad del bosquecillo me llegaba el rumor de sus voces y la musiquilla del acordeón que noche tras noche sonaba a la misma hora y tocaba las mismas canciones. Eran momentos tristes en los que me dejaba arrullar por la música y cerraba

los ojos acurrucado junto a Greta, pero nunca bastaba. Necesitaba un abrazo, una caricia, una mano en mi espalda que borrase todos mis miedos y me diese calor.

—Pero ¿qué haces aquí? ¿Te has vuelto loco?

Mi padre, alertado por Greta, se enfureció al verme. Sabía que reaccionaría así y por eso había preferido no pedirle permiso. Una vez dentro ya no había remedio.

—¿Cómo has entrado?

—¡El chaval de Pascual se ha colado! —gritó Delfín.

Me vi rodeado de hombres y tuve que darles una explicación. Todos saludaban a la perra, que había hecho grandes amistades.

—Greta ensanchó el hueco de la alambrada y conseguí entrar arrastrándome, pero me he hecho daño.

Por suerte, la herida era poco profunda. La lavaron con agua y me atendieron solícitos. A mi padre se le pasó el mosqueo y no me obligó a marcharme como hubiera podido hacer.

—Antes de que amanezca estás fuera —me avisó.

—Pero esta noche tenemos invitado especial —proclamó Avelino—. Tasio tocará una canción para ti, ¿cuál quieres?

La emoción no me dejó hablar. Los ojos se me fueron hacia el acordeón que acarreaba Tasio, un viejo pastor de los Redondos. Era un modelo pequeño y más sencillo que el del tío Amable.

Le pedí permiso.

—¿Puedo?

Y alargué una mano para acariciarlo. Me moría de ganas de tocar y el viejo se dio cuenta.

—¿Sabes tocarlo?

—No —respondió mi padre.

—Sí —le corregí yo.

Se quedó atónito.

—Me enseñó el tío Amable, el verano pasado, y dijo que tenía buen oído.

Mi padre se mordió la lengua.

—Pues vaya, cuántas cosas me he perdido. Mejor me callo.

Lo tomé con manos temblorosas y Tasio me ayudó a sujetarlo. Era ligero y aún estaba caliente. Palpé las teclas, probé el fuelle, reconocí los botones. Me pareció un acordeón amistoso, fácil. Encontré las notas sin dificultad y los dedos me resbalaron, sin pretenderlo, al compás de la marcha más alegre que recordaba haber oído tocar a mi tío. Se trataba de subirles la moral, de amenizarles la noche.

—¡Valenciaaaaaa! Es la tierra de las flores... —arranqué con ímpetu.

Greta movió la cola y los hombres corearon mi marcha facilona pateando con los pies.

Al acabar me aplaudieron rabiosos.

—Vaya con el chaval de Pascual.

—Ha nacido enseñado.

Tasio me sugirió una melodía más nostálgica y me atreví con la de *Asturias, patria querida*, que para algo estábamos ahí.

La atmósfera se llenó de suspiros melancólicos. De recuerdos de amor. Las novias, las mujeres, las chicas guapas de los pueblos ocupaban los pensamientos de los hombres. Y todo gracias a la magia de la música. Yo con mi acordeón podía hacer que aquellos soldados perdedores se sintiesen hombres y se emocionasen.

Esa noche les regalé el mejor repertorio de Amable: *Mi jaca*, *El relicario*, *Los nardos* y unas cuantas más de esas que se tocaban en las fiestas. La pifié en alguna nota que al poco de pulsarla me sonó fatal, pero nadie lo notó.

El viejo Tasio me enseñó la de *Paquito el chocolatero*, que era muy nueva, y la cacé a la primera.

—Tu tío Amable estaba en lo cierto. Tienes un don, Miguel, no lo dejes perder.

—¿Me enseñarás más canciones?

—Las que quieras, tenemos todo el tiempo del mundo.

Tras casi un mes despertándome con sobresaltos, por fin dormí de un tirón. Confiado, tranquilo, acompañado. Feliz.

Mi perra a un lado y la mano de mi padre sobre mi espalda toda la noche.

Una estrella fugaz en un día festivo

Siempre me he preguntado cómo puedo guardar tan buen recuerdo de esa noche tras la alambrada, durmiendo al raso en un campo de prisioneros.

Mi despertar, sin embargo, fue brusco.

—¡Miguel, Miguel, despierta!

Abrí los ojos rodeado de hombres expectantes.

—¡Tienes que irte! —me urgió mi padre mientras me ayudaba a ponerme en pie.

Aún no había amanecido, pero una luz tenue apuntaba en el horizonte. Me puse en guardia inmediatamente. Greta, las orejas enhiestas y alertas, ni respiraba.

Los hombres vigilaban la cerca y se iban haciendo gestos. Mi padre aguardó a que Avelino le hiciera la señal convenida y entonces me hizo avanzar. Me di cuenta de que mi fuga no solo ponía en peligro mi vida, sino la de ellos. Me arrepentí de haber entrado.

—¡Ahora! ¡Vamos, Miguel! —me indicó mi padre acostumbrado a reaccionar con rapidez, como cuando vivía en el monte jugando al escondite con la Guardia Civil.

Me lancé a correr hacia el hueco donde me esperaba Julián para empujarme, pero Lucio me sujetó por la camisa a tiempo.

—¡No! Ya no puedes.

Miré asustado hacia la alambrada y vi el rayo de sol delator iluminando mi escondrijo. Mi padre se acercó a nosotros con semblante preocupado, pero me abrazó y me estrechó entre sus brazos.

—Demasiado tarde —murmuró—. Será mejor que pases el día entre nosotros y no te dejes ver. Esta noche te colaremos.

Podría haberme puesto nervioso. Podría haberme sentido culpable. Podría haberme echado a llorar, pero ese abrazo de mi padre me reconfortó. Me sentí muy cerca de su corazón, podía oírlo latir y sabía que ese sonido desbocado era el miedo que sentía por mí. Se me dibujó una sonrisa a pesar del contratiempo. La perspectiva de pasar un día encerrado junto a mi padre y sus amigos compartiendo la miseria, el hedor y los chinches era para mí algo así como celebrar un domingo, un día de fiesta diferente a los otros.

Y puestos a vivirlo, mejor disfrutarlo.

Pronto supe que ellos lo vivían igual. Les encantaba tenernos cerca a la perra y a mí, les hacíamos sentir como en casa. Nunca antes Greta tuvo tantos admiradores y a mí se me acercaban con cualquier excusa y me contaban un chiste para oír mi risa, una risa de niño. Les recordaba a sus hijos, a sus hermanos pequeños.

Procuraban, eso sí, evitarme situaciones embarazosas. Los enfermos no tosían a mi vera para no contagiarme su tuberculosis y ahorrarme la crudeza de la sangre que escupían. Los heridos escondían sus miembros putrefactos, que por la falta de cuidados se habían hinchado y llenado de gusanos. Unos y otros procuraban mantenerme lejos de las letrinas que inundaban el campo de un hedor insoportable y, a veces, daban un rodeo inútil para que no viera un cuerpo sin vida, apenas cubierta la cara con una manta raída, y que luego recogerían para enterrar.

Yo me daba cuenta de todo y por ello les agradecí que me preservasen del horror cotidiano del campo. La hospitalidad de los montañeses era sagrada y ese día yo era su invitado.

Algunos, los que estaban en mejores condiciones, se sentaron junto a mí y me explicaron sus historias. Justo Labrador, un carnicero de Mudá, fue el que me dejó más pasmado.

—Mi hermano Demetrio, que era guardia civil en tu pueblo, en Barruelo, me quiso matar en la casa de mi madre por ser socialista —me soltó a las primeras de cambio.

Abrí una boca de palmo y medio. Conocía a Demetrio Labrador. Era uno de los guardias civiles más temidos de Barruelo.

—Y si no llega a ser por mi madre, que me tenía escondido en el pajar, me fríe a tiros.

Yo no me podía creer que dos hermanos –como Tomasín y yo– pudiesen pelear entre ellos y llegar a esos extremos. Aunque del bruto de Demetrio me lo creía todo y más.

—Mi madre se plantó delante de él con los brazos en jarra y le dijo: «En mi casa no entra nadie con pistola».

—Pues menuda mujer tu madre.

—La tendrías que haber visto, no le llegaba ni al pecho pero no se achicó: si quieres ver a tu hermano, hazlo desarmado.

—¿Y Demetrio te dejó tranquilo? —pregunté yo.

—Ese día sí, pero decidí escapar para no meter a mi madre en un lío. Que bastante tristeza le daba ver a sus hijos enfrentados. Luché en Reinosa defendiendo la Naval y pude escapar a las montañas replegándome para Asturias, hasta que me cazaron poco antes que a tu padre.

A Delfín Bustillos, su mujer, Manuela, se había empeñado en seguirlo al frente. Como muchas mujeres hicieron.

—Es muy guapa mi Manuela, mira, mira.

Y me enseñó una foto de estudio, de esas retocadas con las cejas pintadas que parecen todas iguales. La verdad es que sí, que era una mujer muy guapa, de ojos negros y pelo oscuro y ondulado. Delfín la miraba embobado.

—La mala suerte fue que quedó embarazada y parió en Arnuero, en el verano del 37, cuando yo luchaba en Santoña contra las brigadas navarras y los fascistas italianos. Me avisaron de que había sido una niña, y les dije que le pusieran Esperanza. Ya sabes, la esperanza es lo último que se pierde. Y yo quería que Manuela y Esperanza se salvaran.

Me acordé de que pocos días antes había escrito una carta a esa tal Manuela. En mi fuero interno intuía que estaban vivas las dos.

—¿Y qué sabes de ellas?

—Me dijeron que Manuela decidió pasar la cordillera con la pequeña recién nacida. No quiero ni pensarlo. Ya era otoño y los chiquitines no resisten el frío. Pero le puse Esperanza. Estará viva, seguro.

Le animé.

—Las niñas son muy fuertes y chupando la teta seguro que de hambre no se muere.

Eso es lo que decía la abuela, que los pequeños lo tienen fácil, lo malo es cuando comienzan a masticar y no hay nada para llevarse a la boca.

Feliciano, un vecino de Barruelo, me explicó como su barco, que huía de Gijón camino de Francia, fue asaltado por los fascistas de Mussolini.

—Hay que ver las ganas de fastidiar de los italianos. Ni escapar nos dejaron. ¿Y qué más les da a ellos que pasemos a Francia a salvar el pellejo?

—Desde luego —le di la razón.

—¡Macarronis de mierda! —se desahogó Feliciano.

Desahogarse era lo único que podían hacer aquellos hombres prisioneros de su fatalidad y de los alambres de púas. Y yo era una buena excusa.

Mi padre también tenía cosas que contarme. Y quiso que las supiese.

—Si se me llevan de aquí, dile a tu madre que deje siempre la puerta del pajar abierta. Como cuando estaba en el monte, que nunca se sabe.

Entendí por qué una vez que cerré la puerta del pajar mi madre me riñó y me dijo que esa se tenía que quedar siempre abierta, que lo recordara bien.

—Ya lo hace.

—Así me gusta. Y que deje algo de comer, que si no soy yo será otro.

—¿Y algo de vino como el que deja la abuela? Me dijo que era por si nos robaban los fascistas.

Mi padre sonrió.

—Pues sí. Para los que hemos vivido en el monte, saber que hay casas con la puerta abierta y algo de queso y vino es una tabla de salvación.

Yo no sabía qué había sido de mi padre desde que nos despedimos en las afueras de Barruelo cuatro años antes.

—¿Luchaste en la guerra? —le pregunté a bocajarro.

Mi padre se apenó.

—Nos defendimos, Miguel, nos defendimos, que no empezamos nosotros, que fueron los militares los que se sublevaron contra la República. No lo olvides.

Yo asentí. Lo tenía muy claro.

—Y por mucho que te insulten, que te humillen y que te hagan arrastrar por el suelo, piensa siempre que ellos fueron los traidores y nosotros los que defendimos la democracia.

—Y no me vas a contar contra quién luchaste ni cómo.

—No, hijo, eso no vale la pena contarlo, ya lo he olvidado. La guerra es una cosa muy fea.

—Pero la ganaremos, aún quedan Cataluña y Madrid y...

Mi padre no era tan optimista.

—Ellos están con los ricos, Miguel, y tienen a los fascistas italianos y a los nazis alemanes de su lado. ¿Oíste cómo bombardearon Guernica? Fueron escuadrillas de Junker 52. Los aviones de Hitler.

Claro que me acordaba. Durante unos días no se habló de otra cosa en el pueblo. El bombardeo de Guernica había sido una carnicería. Aún se me ponían los pelos del cogote de punta al recordar a los niños sepultados bajo los escombros.

—Nati, que es de Bilbao, se pasó llorando una semana hasta que supo que su familia estaba viva —comenté a mi padre.

—Hijo, a nosotros, a los republicanos, no nos ayuda nadie. Europa nos ha dado la espalda y ni siquiera Francia nos ha querido echar una mano.

Me pareció una verdad como una catedral. Los pobres siempre llevamos las de perder.

—Pero tú, pase lo que pase, con la cabeza bien alta. ¿Me oyes?

Y nada más oírlo me puse tieso, como un soldado, y levanté la barbilla.

—Así me gusta —aprobó mi padre con una palmada de hombre a hombre.

Yo probé una vez más a tentarlo, aun a sabiendas de que me diría que no. Lo hice por mi madre y por mis hermanos.

—Padre, ¿por qué no escapas conmigo esta noche? A lo mejor no se dan cuenta. —Su silencio me obligó a añadir—: Podemos ensanchar el agujero y que pasen tus amigos.

Él puso el ceño adusto, el que le conocía cuando se enfadaba de verdad.

—No vuelvas a decir eso. ¿Me oyes? Sería un miserable si permitiera que fusilasen a mis compañeros por mi culpa. Olvídate.

Bajé la cabeza avergonzado, a pesar de que conocía su respuesta de antemano.

—Y se acabaron los sermones, hoy toca rancho —zanjó mi padre volviendo a sonreír.

Consistía en un chusco de pan negro y una lata de sardinas. Para los recién llegados era un lujo, pero des-

pués de meses comiendo lo mismo ese menú podía llegar a ser una pesadilla. Ese día yo fui el invitado de honor y todos me ofrecieron un bocado de su misérrima ración. Greta también se puso las botas.

—Eh, chico, quédate la llave de la lata, por si te hace falta. La clave está en las sardinas. ¿Recuerdas? —Y explotaron en carcajadas.

—No mareéis al chico, que come fruta y hace sus necesidades como tiene que ser —me defendió mi padre.

—Un consejo, chavalín. Si te puedes aguantar hasta que estés fuera, no cagues dentro —me sugirió Julián.

—Las letrinas no son lo mejor del campo, hijo —confirmó Feliciano.

—Ahórrate ese trago —me recomendó Tasio.

Más tarde me enteré de que el peor suplicio de los hombres del campo era el estreñimiento. Se tenían que ayudar con la llave de la lata de sardinas. Y les dolía que ni contarlo podían.

—Y esta vez salís los dos aunque sea volando —afirmó mi padre.

En cuanto oscureció, los hombres me facilitaron mi fuga como si fuera la suya propia.

Tres silbidos, un empujón, y visto y no visto ya estaba fuera. Greta salió tras de mí, encantada de la experiencia. Solo lamenté que mi padre no pudiese salir por el mismo lugar, pero entendía sus razones. Me despedí de ellos a lo lejos y pude oír sus murmullos de satisfacción al verme marchar.

Otra vez solo, otra vez en la retaguardia, pero libre. Me metí detrás de un matorral y me agaché largo rato para aliviarme, hasta que me quedé vacío.

Luego paseé por el campo, respirando aire puro, dejándome empapar por el rocío de la noche que quedaba prendido en la hierba. Acaricié los matorrales, pasé la mano sobre el lomo de Greta que saltaba alegremente entre mis piernas. Y al levantar la vista al cielo las estrellas me parecieron más ligeras, más brillantes, más traviesas que otras noches.

Y de pronto la vi.

ZAS.

Pasó ante mí como un suspiro, pero yo fui más rápido que ella y pedí un deseo.

Los deseos no se cuentan. Se guardan y se olvidan, aunque el mío, afortunadamente, se cumplió y no lo olvidé jamás.

Nunca sabré si fue gracias a aquella estrella fugaz.

Quizás fuera domingo, o quizás no.

La despedida inesperada

Pasaron tres semanas, o quizás cuatro. No puedo precisar porque los días eran muy parecidos y el tiempo tiende a diluir los matices. Hasta que un jueves de mercado, tras días y días de montar guardia ante la alambrada sin que sucediese nada, las calles de Pola de Siero despertaron llenas de rumores.

Los olores de los quesos, la leche, el pan y los embutidos me aturdían. Se me metían en las narices y me hacían salivar. Ya había vendido todo lo vendible y lo único que tenía era tiempo y frescura, que el hambre y la necesidad hacen perder la vergüenza y enseñan mucho.

—¿Me regala un chorizo?

—Un beso, mi vida, que es gratis. Y si quieres, un notición.

—Pues sea el notición.

—Van a cerrar el campo, pronto llegarán los camiones.

Me quedé atónito y me olvidé hasta de darle las gracias. Escuché aquí y allá, pregunté a los más enterados y cuando me pareció que sabía lo suficiente corrí a informar a mi padre.

Greta se coló bajo la cerca y me lo trajo. Mi padre llegó con el semblante serio.

—¿Qué haces aquí tan temprano?

Yo estaba muy excitado.

—Que dicen que os van a sacar, os van a enviar a batallones de trabajo como han hecho en otros campos —le solté sin aliento.

No me pareció que se alegrara por la noticia.

—Gracias por avisarnos, Miguel, aunque me temo que las malas noticias vuelan solas.

Me sorprendió su pesimismo e intenté animarlo.

—La gente dice que en los batallones de trabajadores se come mejor y que hasta pagan dos pesetas diarias a las mujeres de los presos con hijos.

—Eso si tienes la suerte de que te envíen a un batallón de trabajadores.

—¿Dónde te van a enviar si no?

Mi padre calló y en ese mismo instante me di cuenta de que el campo estaba muy silencioso. Ese día los hombres no bromeaban, no fingían reír, ni tan solo hablaban. Se respiraba una atmósfera cargada, como cuando las nubes anuncian lluvia.

—¿Qué ha pasado? —pregunté oliéndome algo feo.

Mi padre no sabía cómo decírmelo, que le notaba yo cómo se le envaraba la lengua.

—Esta noche han paseado a cuatro compañeros. Eran cargos de UGT.

Me quedé blanco. Un paseo era una manera de decir. En el pueblo pasearon a muchos y los republicanos también paseaban. *Pasear* era ir a morir. Los fusilaban donde querían y lanzaban los cadáveres a las cunetas de los caminos.

—¿A alguno que yo conozca? —pregunté con un hilillo de voz.

—Julián Macho, de Orbó —me confirmó mi padre.

Me vino a la cabeza el minero rudo que presentó sus respetos a mi madre y a mí por nuestro regalo. Me consoló haberle podido dar el gusto de comer carne antes de morir.

—Quizá se los llevaron a Oviedo, me dijeron en el pueblo que a algunos los llevan a la cárcel o al campo de La Cadellada —apunté esperanzado.

Mi padre negó con la cabeza.

—Oímos los disparos no muy lejos. Hubo doce tiros, que los contamos. Dos para cada uno y uno más por cabeza, el tiro de gracia.

Yo dormía y no me enteré, pero Greta ladró, me despertó y recuerdo que la hice callar. Me apené por Julián. Aún sentía su colleja en mi cogote el día que me rapé. La pelusilla negra que ya me cubría la cabeza me servía de calendario.

—No les dejaron ni escribir una nota a los suyos —se lamentó mi padre. De pronto se me quedó mirando—. ¿Tú podrías escribir una carta de despedida de Julián? Como si te la hubiera dictado él. Les haría el trago más llevadero.

Era el encargo más difícil que me habían hecho nunca.

—¿Y qué se dice a la familia cuando sabes que te van a matar?

Mi padre suspiró. Se notaba que había reflexionado mucho sobre eso.

—Pues que los quieres, que te los llevas en el pensamiento y que no sufran.

—¿Y ya está?

—Sí, hijo, y ya está, que los mineros no estamos para florituras.

—Pero no sé, supongo que estás asustado y que tienes miedo y que no quieres morir... ¿o no?

Mi padre se llevó un dedo al labio para pensar. No sabía cómo explicármelo.

—Mira, hijo, cuando convives con la muerte, a veces hasta es un consuelo saber que ya te toca. Como cuando te arrancan una muela. Se acabó la espera angustiosa.

—Pero... —protesté horrorizado—. Nadie puede acostumbrarse a la idea de morir.

Mi padre me interrumpió.

—Los mineros sí, que cada vez que bajamos a la mina no sabemos si volveremos a ver el sol. Tú ya sabes, los derrumbamientos, las explosiones de grisú... Qué te voy a contar.

Mi padre tenía razón. El grisú, ese gas invisible y asesino, era una amenaza constante. En Barruelo de cuando en cuando había alguna desgracia y algún muerto, y cada vez que ocurría, los mineros protestaban y se ponían en huelga por la falta de medidas de seguridad. Pero de ahí a imaginar que cada día pueda ser el último...

—Si escribes la despedida de Julián, se la daré al mozo de los Argüelles para que la haga llegar a la familia. Su mujer se llama Pilar.

—¿Y cuántos hijos tenía?

Mi padre se encogió de hombros.

—Pues no sé, tú pon «hijos» y ya se entiende que es para todos los que haya. A repartir.

Conseguí una hoja de papel y me fui al bosque a escribir. No era fácil. Era dificilísimo y Greta no paraba de molestarme. La muy pesada me mordía los pantalones y me tiraba de la camisa para que jugase con ella.

Trepé a un roble para que no me distrajese y allí, sentado a horcajadas sobre una rama, oyéndola ladrar, me concentré en el rostro de Julián e intenté reproducir las palabras de mi padre. Escribí una carta de despedida que me hizo llorar.

Mi querida Pilar:

Esta carta es para despedirme. Me han venido a buscar para fusilarme.

Os quiero a ti y a mis hijos más que a nada en el mundo. Me voy con vosotros en mi pensamiento. No sufráis por mí, no me da miedo irme, será como sacarme una muela. Que sepáis que moriré con la cabeza bien alta.

Mis últimos besos son para vosotros.

Vuestro estimado esposo y padre,

Julián

Regresé a la alambrada con la carta en las manos y Greta dándome la barrila. Pero ya a lo lejos me di cuenta de que todo estaba revuelto, de que las cosas habían cambiado. Mi perra había querido avisarme y yo, confundido, no le había hecho caso.

Dentro del campo de prisioneros relucían las insignias de los uniformes militares. Los soldados armados iban de aquí para allá, fusiles Tigre en mano, formando grupos de hombres. A las puertas del campo estaban aparcados unos cuantos camiones militares y nadie podía asomarse a la alambrada. La habían rodeado los militares y me echaron a punta de pistola.

—¡Aléjate, chaval!

Una muchedumbre de familias nos arremolinábamos frente al cerco de los soldados que nos mantenía a raya.

—¿Qué ha pasado? —pregunté asustado.

—Los están clasificando —dijo una mujer con un pañuelo negro cubriéndole la cabeza.

Se me paró el corazón.

—¿Y eso es malo?

—Depende. Si eres desafecto, sí.

Ya había oído antes la palabreja. Los únicos que habían regresado a Barruelo eran los afectos, que quería decir que eran partidarios de los nacionales. Un desafecto era todo lo contrario, claro.

—¿Un minero sindicalista de la UGT es un desafecto?

Los que me rodeaban me miraron compadecidos.

—¿Tu padre o tu hermano?

—Mi padre, de Barruelo.

—Válgame Dios, la montaron gorda los de Barruelo, no se lo perdonan.

No me gustó nada. Me sonó a que mi padre era un desafecto y que estaba en la lista negra.

—¿Y a los desafectos qué les hacen?

—Juzgarlos y condenarlos y...

Se hizo un silencio espeso, de esos que se mastican. Nadie se atrevía a decir la verdad descarnada. La palabra *fusilamiento* no salió de ninguna boca.

—¿Pero dónde los llevan?

—Donde les parece, a lo mejor a Oviedo, o a Santander o a Gijón, vete tú a saber. En la guerra los ganadores no dan explicaciones.

Y de pronto, Greta ladró y salió disparada. Unos falangistas a caballo conducían una columna de hombres maniatados y encordados. Entre ellos, mi padre y Tasio, que iba el último de todos acarreando el acordeón.

—¡Es mi padre, se lo llevan! —grité asustado.

—Son los Tercios de Aguilar —me dijo un hombre apenado.

Bastante los conocía yo a los Tercios de Aguilar, sus visitas al pueblo producían pavor. Me dio muy mala espina y me temí lo peor.

—Despídete, hijo. —Me empujó una mujer preñada.

No me dio tiempo a oír más.

—¡Es mi padre, se llevan a mi padre! —grité yo enloquecido mientras corría hacia ellos agitando la carta de Julián.

Camino hacia la incertidumbre

Un falangista a caballo que iba en la retaguardia de la columna frenó bruscamente mi arremetida con un culatazo.

Sentí un fuerte golpe en la cabeza y caí de bruces. Noté el contacto de la tierra húmeda en los ojos y un sabor salado y caliente que me inundaba la boca. Greta me lamió la mejilla y ladró con valentía.

A pesar del dolor me incorporé y me taponé la nariz con el papel de la carta de Julián Macho. Estaba sangrando, me dolía la cabeza y veía borroso, pero me fijé en que el falangista había salido de nuevo galopando hacia el frente de la columna y pedía un cigarrillo a sus camaradas. Se quedó ahí bromeando y sin mirar atrás. Me cercioré de no ser descubierto y cubrí la distancia que me separaba de la comitiva corriendo a trompicones. Ellos iban caminando, con las manos atadas en la espalda, encordados los unos con los otros, y pronto los alcancé. Caminé a su lado medio oculto por los chopos que bordeaban el camino. Mi padre iba de los últimos y se giró al verme llegar.

—¡Márchate de aquí! —me ordenó quedamente—. Dile a tu madre que ya le escribiré cuando me juzguen. Que la quiero.

—¿Dónde te llevan? —susurré.

—¡Vete! —repitió mi padre.

—No lo sabemos, chaval, no nos lo han dicho —intervino Tasio, que sudaba por el peso del acordeón—. Pero parece que nos llevan a juzgar a alguna ciudad.

—¿Sois desafectos? —murmuré con un hilillo de voz.

Su silencio fue una respuesta muy elocuente.

—Hijo, ahora tú eres el hombre de la casa, ocúpate de tu madre y tus hermanos, que no les falte nada. ¿Me lo prometes?

En ese momento, el falangista montado dio media vuelta, me vio y llegó hasta mí al trote. Imponente, amenazante, con el arma levantada. Me protegí la cara con el brazo en un gesto instintivo de miedo.

—¿No has tenido suficiente con un culatazo? ¿Quieres otro?

—Solo es un niño —exclamó mi padre.

—El chico ha venido a por el acordeón —dijo Tasio—. ¿Puedo dárselo?

El falangista, un jovenzuelo con bigote y aires de catedrático, tuvo un atisbo de compasión. El viejo Tasio no podía acarrear un trasto tan pesado y yo estaba sangrando como un cerdo.

—Venga, pero que sea rápido y sin detener la marcha.

No me lo podía creer, Tasio me regalaba su acordeón.

—Adonde voy no me hará falta —dijo.

Mi padre a hurtadillas rozó mi mano con la suya.

—Suerte —musitó.

Me quedé inmóvil, en medio del camino, con un acordeón colgando del cuello y la pena que no me dejaba respirar.

«Suerte», me había dicho mi padre. «Yo no voy a necesitarlo», me había reconocido Tasio. Como si los dos ya estuviesen muertos y me diesen ánimos a mí para continuar viviendo.

Quise llorar, pero no pude. No sentía lástima. Sentía rabia. Una rabia sorda, furiosa, que me salía de las entrañas y me hacía olvidar el dolor de mi nariz rota y el peso de un acordeón que ya no deseaba.

Me dirigí a Greta, desesperado.

—¿Qué tengo que hacer, qué harías tú si fueses yo?

Ella movió la cola y me escuchó. Era una perra inteligente.

—¿Quedarme en medio del camino lloriqueando?

No me respondió, pero continuó mirándome con devoción.

—¿Regresar a casa y decir a mi madre que se lo han llevado y no sé a dónde?

Levantó una oreja. A saber lo que significaba.

—¿O seguirlos?

Greta me adoraba y cualquier decisión que tomase le parecería bien. Pero era yo quien tenía que tomarla.

Y decidí seguirlos.

El adiós a un hombre bueno

 Tomaron la Llanera de Siero, camino de Oviedo, hacia el oeste. Dos falangistas en la vanguardia, muy tiesos en sus cabalgaduras, y dos cerrando la comitiva. Todos muy jóvenes, niñatos recién incorporados a las filas de la Falange. El sol del atardecer me daba en los ojos y me cegaba. Los seguía de lejos, procurando no adelantarme demasiado para que no me vieran, y cuando acortaba distancias me ocultaba un rato tras los matorrales. La nariz ya no me sangraba, pero no quería probar otro culatazo.

Me equivoqué, no iban a Oviedo. Al llegar al Berrón, en un cruce de caminos, tiraron para el norte, hacia el mar. Me sentía algo desconcertado y pregunté a un vaquero que regresaba a casa con sus animales y que tuvo que apartarse al paso de los prisioneros. Estaba a punto de ponerse el sol. Para cuando nos cruzamos, el hombre reemprendía su marcha.

—Esto es el camino a Gijón, la carretera carbonera. Has oído hablar de ella, supongo —me dijo.

Ese tono no admitía un no por respuesta. Aun así me lo quedé mirando con asombro y creyó que me había impresionado y que era un ignorante, claro.

—Una calzada única, la mandó construir Jovellanos para llevar el carbón al puerto, con las carretas —añadió con orgullo.

—¿Y cae muy lejos, Gijón?

—Así, caminando, a una media jornada. O quizá una —añadió señalando a lo lejos a los prisioneros que tropezaban continuamente.

—Muchas gracias —me despedí.

De pronto, el hombre lo comprendió. Un chico solo y perdido, con las ropas sucias, cargado con un viejo acordeón, tras una recua de prisioneros.

—¿A quién se llevaron?

—A mi padre —contesté sin pensarlo.

El hombre abrió su zurrón, sacó un queso y me lo ofreció.

—Para el camino.

Aún quedaba buena gente que sabía lo que era ir tras un familiar sin nada que llevarse a la boca. Se lo agradecí y continué adelante creyendo que se proponían caminar toda la noche para llegar a Gijón de una tacada.

De nuevo me equivoqué.

Se detuvieron pasado el pueblo de Noreña, en una chopera junto al río. Un lugar sombreado con una fuente de piedra y una capilla con una Virgen que daba nombre al lugar. Un lugar fresco durante el día y a lo mejor alegre para ir a merendar las familias los domingos, pero a esas horas era húmedo e insalubre. Ahí obligaron a formar a los prisioneros, les ataron las piernas, les liberaron las manos y repartieron algo que supuse sería comida.

Cada vez se veía menos. La luz se iba disipando poco a poco, hasta que desapareció del todo y la escena se fundió como una bombilla rota. Ya anochecido, encendieron una fogata y pude ver sus sombras danzantes. Me pareció que habían vuelto a maniatar a los prisioneros para hacerles pasar la noche. Sin mantas y sin poder retirar las piedras del suelo, los obligaron a tenderse a punta de fusil.

Ya no vi ni oí más. Solo unos bultos inmóviles desperdigados bajo los chopos y el incesante croar de las ranas. Me alejé del río. Olía mal y estaba plagado de mosquitos. Pensé que si lo remontaba más arriba del pueblo, podría beber agua clara. Y en esas lo escuché. Fue una ráfaga y seis tiros, los dos por cabeza y uno más de gracia que me dijo mi padre.

Hice las cuentas rápidamente.

Acababan de matar a dos prisioneros.

Las piernas se me doblaron del susto. Me abracé a Greta y me puse a temblar como las ramas de los sauces movidas por el viento. Un frío helador me atrapó y me inmovilizó. No quería pensar, no quería imaginar nada, no quería ni siquiera suponer qué había ocurrido.

Greta, compadecida por mi estado, me lamió la cara. Un lametón, dos. Su lengua caliente y rasposa me hizo reaccionar.

—Seguro que no ha sido él —le dije a mi perra—, él no ha hecho nada, es un buen hombre…

Oí unas risas que se acercaban y a lo lejos percibí el movimiento de la brasa de dos cigarrillos avanzando por el camino. Eran dos falangistas a pie que se dirigían al pueblo. Me acurruqué entre unos matorrales y me quedé muy quieto. Noté un cosquilleo en la pierna, pero no me inmuté; aunque fuese una culebra o una araña, no me haría más daño que aquellos camisas azules que reían como si nada tras haber fusilado a dos hombres.

—Yo ya sabía que me tocaría ir a dormir a Noreña. Afortunado en el juego, desafortunado en amores.

—No te quejes, que te vi besando a la rubia.

—Colchón y cama, solo sueño con que la cama tenga sábanas.

—Yo con una sopa.

—Prefiero unas fabes, que en Noreña se come bien.

—Hoy cenamos como reyes, pero mañana ni mu.

—¿Y por qué no? Nos lo hemos jugado a suertes y hemos ganado, que se fastidien.

Las voces se alejaron y me sacudí el bicho que me corría por las piernas. Ni asco me daba. Me moría de ganas de dar media vuelta, correr y buscar a los muertos para verles la cara, pero me aguanté y no lo hice. Es lo que me hubiera dicho mi padre. Que era muy peligroso.

Esa noche apenas pude conciliar el sueño. Por más que lo intentaba se me abrían los ojos y se me disparaba el corazón. Era como si quisiese escaparse y salir corriendo de mi cuerpo a golpe de latidos.

Paseé. Paseé y lancé piedras a Greta, que la pobre tampoco podía dormir si yo no dormía. Parecía que lo entendiera todo. Suerte de mi perrita que me ayudó a hacer más llevadera la peor noche de mi vida.

De buena mañana refrescó y el rocío me humedeció los pies y la cara. Volví a oír a los falangistas que regresaban del pueblo. Venían descansados y juraría que olían a vino. Acababa de amanecer. Me lavé la cara de cualquier manera en las aguas heladas del río y pegué un mordisco al queso, que la noche anterior ni eso pude hacer. Le di un pedazo a Greta y los dos esperamos pacientemente a que la comitiva iniciase la marcha.

Salieron en fila y, desde tan lejos y con la niebla baja, no pude distinguir a los hombres. Los conté y, en efecto, había dos menos, pero no sabía quiénes. Todos llevaban ropas raídas y parduzcas. Al perderse en un recodo del camino me acerqué con sigilo al lugar que les había servido de campamento. Rastreé con miedo los alrededores, sin querer encontrar lo que buscaba. Lo encontró Greta.

Estaban los dos boca abajo, maniatados, echados en la cuneta. Tenían las manos arrugadas y el cabello blanco. Ninguno de los dos era mi padre, pero al voltearlos di un grito.

Uno de ellos era Tasio.

Se habían deshecho de los viejos, de los que caminaban más despacio y ralentizaban la marcha. No tenían entrañas.

Sin pensármelo dos veces le quité las botas al compañero de Tasio y me las puse. Sentí un gran alivio. Con esas botas, que eran de mi tamaño, me veía capaz de atravesar la cordillera si hacía falta. El muerto, por desgracia, ya no las iba a necesitar.

Les eché un poco de tierra por encima, unas ramas y unas piedras y les despedí como decía mi abuela.

—Descansad en paz.

Ese fue mi adiós a un hombre bueno que me regaló su acordeón y a su compañero desconocido que me cedió sus botas.

Las aguas se tiñen de rojo

Seguí a aquella comitiva de hombres que caminaban maniatados, tropezando, fustigados por las trallas de los falangistas a caballo, que cada vez se ponían más y más nerviosos y los obligaban a aumentar el ritmo de la marcha. Y durante el largo camino que recorrimos hacia Gijón, fui pensando que, si mi padre muriese, moriría en paz consigo mismo.

Yo no.

Días atrás él me había dicho que no se arrepentía de nada de lo que había hecho y que lo volvería a hacer. Volvería a ser un minero, a casarse con mi madre, a tener seis hijos, a hacer la revolución, a echarse al monte, a alistarse en el ejército de la República y... a ser hecho prisionero y condenado.

Yo, en cambio, si formase parte de esa fila de hombres, estaría peleando conmigo mismo y diciéndome: ¿por qué no estudié?, ¿por qué fui tan tonto de conformarme?, ¿por qué no me planté ante mi madre y le dije que mi padre sí que quería que estudiase?

Envidié a mi padre, a pesar de su situación, por estar de acuerdo consigo mismo.

De pronto, Greta me avisó con un ladrido y me detuve. Los vi sentados en la cuneta, a lo lejos, poco antes de ascender un puerto. Las nubes se acercaban por el norte. Eran nubes negras preñadas de lluvia. Por eso los falangistas estaban nerviosos, no querían que la tormenta los sorprendiera. Repartieron a toda prisa algo de comida para reponer fuerzas y los obligaron a levantarse de nuevo.

La subida hasta el puerto fue dura. Luego supe que era el Alto de la Madera y que no tendría más de trescientos metros.

Oteé el horizonte para ver a dónde nos dirigíamos y descubrí el mar que asomaba a lo lejos lamiendo la ciudad de Gijón. El mar, de un color amenazante, estaba revuelto. A pesar de la distancia podía ver la espuma en lo alto de las olas que se estrellaban contra Cimadevilla. La nariz se me inundó de un olor desconocido. Un olor salobre, húmedo, recio. Nunca había olido con tanta intensidad a mar.

Un rayo se dibujó como una silueta fugaz sobre las aguas. Retumbó un trueno que sonó como mil cañonazos. Y comenzaron a caer unos goterones como cerezas. Las nubes se vaciaron y en un instante una cortina de agua impedía la vista a menos de un palmo.

Fue por instinto. El instinto me dijo que ese era el momento y decidí jugarme el todo por el todo. Ordené a Greta que no se moviese y corrí hacia ellos como alma que lleva el diablo. Protegido por el sonido de los truenos y el repiqueteo de la lluvia, me colé como un chucho entre la maleza y me aproximé al grupo de prisioneros. Estaban todos tirados en el suelo mientras los falangistas discutían entre ellos y calmaban a sus caballos asustados por los relámpagos.

—Padre, escapa, aprovecha ahora que no te ven. Corre —susurré lo más cerca de él que pude.

Palideció bajo las gotas de lluvia que le resbalaban cara abajo y que no se podía limpiar porque tenía las manos atadas a la espalda.

—Márchate, Miguel, estoy atado.

Pero no le obedecí y le dejé la navaja en las manos.

—Desátate, corta las cuerdas y corre —le animé.

Vi como se le encendían las mejillas al palpar el mango duro de mi navaja. Era una oportunidad que no podía dejar pasar.

—Escóndete y que no te vean. En cuanto pueda lo intento —me dijo mi padre con la voz quebrada, intuyendo una probabilidad entre mil.

—Ahora —insistí yo.

No pudo ser. Los falangistas habían decidido continuar adelante a pesar de la tormenta.

—¡Venga, vamos, en pie! —gritaron sujetando las bridas de los caballos.

Me clavé las uñas en la mano de la rabia y retrocedí serpenteando hasta quedar oculto por un matorro. Mi padre escondió la navaja en la manga de la camisa y se puso en pie azuzado por la tralla de un falangista montado.

Se había quedado con la navaja. A lo mejor esa noche podría escapar, me consolé pensando. O en la siguiente parada o...

A partir de ahí todo fue muy rápido. Descendieron la cuesta a paso ligero bajo una lluvia intensa. Nos mojamos, por supuesto, pero el agua era vida y esperanza. Levanté el rostro al cielo y dejé resbalar las gotas de lluvia por mis mejillas, por mi boca. Sonreí pensando que mi padre y los otros hombres estarían haciendo lo mismo que yo, agradeciendo el regalo del agua que los libraba de la suciedad y les daba de beber.

Sin embargo, no volvieron a detenerse. Al caer la noche, llegaron a las puertas de la ciudad. Yo tras ellos y sin perderlos de vista, como me dijo mi madre. Pronto, muy pronto sabría dónde le llevaban.

Al poco de entrar en Gijón un destacamento de tres hombres a caballo los interceptó en una gran avenida. Yo no podía distinguir los rangos, pero su actitud dejaba claro que tenían el mando de la plaza y que daban órdenes a los falangistas sobre el destino de los prisioneros. Imposible cazar ni una palabra, pero el instinto me decía que la arrogancia de los recién llegados no auguraba nada bueno. Los gestos eran adustos y las frases cortantes. Tras una breve discusión, los tres militares dieron media vuelta y reemprendimos la marcha.

Gijón, la ciudad más grande que había visto nunca, tenía avenidas anchas, casas de piedra y plazas porticadas como la de Cervera. Sus casonas antiguas de grandes muros tenían galerías acristaladas de madera pintada de blanco colgando en sus fachadas orientales, para recibir el sol del atardecer. Pero los muros de los edificios estaban ennegrecidos por el fuego, derruidos por las bombas, heridos por la metralla. La guerra había clavado cruelmente sus zarpas en la ciudad. Tejados hundidos, puertas arrancadas, vidrios rotos, socavones en las calzadas, solares protegidos con alambradas donde antaño se levantaban hermosas casas. Y el miedo. El mismo miedo que en Barruelo de Santullán. El miedo se palpaba en todas las esquinas. No circulaba nadie. Eran las once de la noche y no había un alma en todo Gijón. Hasta las luces de las ventanas de las casas parecían parpadear, dispuestas a apagarse en cualquier instante.

Los únicos que transitaban por sus calles eran trece hombres maniatados y exhaustos, cuatro falangistas a caballo y un niño harapiento, con una perra, que acarreaba un acordeón. En aquellos momentos ni me acordaba de quién era yo ni para qué servía aquel trasto inútil colgado del cuello. Más bien me parecía como si hubiera nacido con el acordeón enganchado a mi pecho y la angustia instalada entre mis costillas. Ni en el nombre de las calles me fijé. Descendíamos hacia el mar. Lo oía cada vez más cerca, podía escuchar el silbido de las olas y el sonido que hacían al chocar contra los muelles del puerto, contra las rocas del malecón. Podía masticar el sabor espeso y salado del mar, un mar cada vez más adusto, más salvaje.

Y hacia ahí nos dirigimos.

Recuerdo que pensé que era muy extraño. Habíamos pasado por un sinfín de edificios atestados de banderas que bien podían ser cuarteles, comandancias militares, prisiones habilitadas u oficinas de la Falange, pero no nos detuvimos en ninguno de ellos. Íbamos directos a la oscuridad, al agua, a las rocas. Pasamos de largo la playa de San Lorenzo, atravesamos Cimadevilla y salimos al puerto, pero pronto lo dejamos atrás y torcimos hacia el espigón que protegía las barcas del oleaje.

Apenas había luz y me atreví a acercarme un poco más a ellos. Tenía miedo de perderlos, de dejar de verlos. No entendía qué sucedía ni adónde los llevaban. ¿Qué iba a pasar?

Los hicieron caminar hasta el final del espigón y los pusieron firmes a todos de espaldas al mar, contra la escollera. El mar tronaba furioso al chocar contra las rocas, cortándoles la retirada. Los falangistas se apearon de sus caballos y montaron una ametralladora ligera Astra. Pusieron una rodilla en el suelo y apuntaron al frente.

«¡NO!».

Quise gritar.

Pero no pude. La voz se me encalló por la presión del acordeón en mi pecho. Y me ahogué de pena.

—¡Fuego! —oí.

Y una ráfaga de disparos barrió a la columna de hombres y les hizo doblar las rodillas. No sonaron los tres tiros de rigor. Algunos prisioneros cayeron a la primera, otros pugnaban por resistir, hasta que los empujaron. Al ver la mano que empujó a mi padre me pareció que el mar engullía mi última esperanza. Pero entreví por un instante un gesto extraño. Las manos separadas, los brazos abiertos. Fue una visión fugaz o un espejismo. ¿Había conseguido cortar sus cuerdas?

En el agua se oían gritos. Los hombres seguían vivos, aunque con las manos atadas a la espalda y las heridas en las piernas se hundían sin remedio. Y yo no podía acudir a socorrerlos.

¿Y mi padre?

Los falangistas recogieron sus bártulos y volvieron a montar en sus caballos deseosos de marchar de una vez.

—No entiendo por qué les disparamos a las piernas en lugar de al corazón —comentó el más joven.

—Para que se desangren y se ahoguen, así tardan más en morir —le contestó el que había dado la orden.

Y se alejaron al trote, hartos del viaje.

Esperé unos segundos hasta que se perdieron en las callejuelas de Cimadevilla. Acto seguido azucé a Greta para que corriese.

—¡Anda, corre, búscalo!

Greta salió disparada y ladrando como una loca, olía la sangre, la muerte, oía los gritos de agonía y olfateaba desesperada a mi padre.

Yo iba tras ella. El murmullo de los hombres cada vez era más tenue.

—¡Padre! —gritaba yo—. ¡Padre!

Greta se detuvo junto a una roca y ladró con ferocidad señalándome un bulto e intentando bajar hacia el mar, cosa que le resultaba muy difícil puesto que las piedras húmedas resbalaban como el demonio. La seguí. Efectivamente, unos metros más abajo, un hombre con las manos libres se había agarrado a la roca y pugnaba por sostenerse.

—¡Miguel! —escuché—. ¡Miguel, hijo!

Estaba vivo. Mi padre aún estaba vivo.

Tercera parte

Iniciación a la vida

Vientos del pueblo me llevan,
vientos del pueblo me arrastran,
me esparcen el corazón
y me aventan la garganta.

Los bueyes doblan la frente,
impotentemente mansa,
delante de los castigos:
los leones la levantan
y al mismo tiempo castigan
con su clamorosa zarpa.

No soy de un pueblo de bueyes,
que soy de un pueblo que embargan
yacimientos de leones,
desfiladeros de águilas
y cordilleras de toros
con el orgullo en el asta.
Nunca medraron los bueyes
en los páramos de España.
¿Quién habló de echar un yugo
sobre el cuello de esta raza?
¿Quién ha puesto al huracán
jamás ni yugos ni trabas,
ni quién al rayo detuvo
prisionero en una jaula?

Asturianos de braveza,
vascos de piedra blindada,
valencianos de alegría
y castellanos de alma,
labrados como la tierra
y airosos como las alas;
andaluces de relámpagos,
nacidos entre guitarras
y forjados en los yunques
torrenciales de las lágrimas;
extremeños de centeno,
gallegos de lluvia y calma,
catalanes de firmeza,
aragoneses de casta,
murcianos de dinamita
frutalmente propagada,
leoneses, navarros, dueños
del hambre, el sudor y el hacha,
reyes de la minería,
señores de la labranza,
hombres que entre las raíces,
como raíces gallardas,
vais de la vida a la muerte,
vais de la nada a la nada:
yugos os quieren poner
gentes de la hierba mala,
yugos que habéis de dejar
rotos sobre sus espaldas.

Crepúsculo de los bueyes
está despuntando el alba.

Los bueyes mueren vestidos
de humildad y olor de cuadra:
las águilas, los leones
y los toros de arrogancia,
y detrás de ellos, el cielo
ni se enturbia ni se acaba.
La agonía de los bueyes
tiene pequeña la cara,
la del animal varón
toda la creación agranda.

Si me muero, que me muera
con la cabeza muy alta.
Muerto y veinte veces muerto,
la boca contra la grama,
tendré apretados los dientes
y decidida la barba.

Cantando espero a la muerte,
que hay ruiseñores que cantan
encima de los fusiles
y en medio de las batallas.

MIGUEL HERNÁNDEZ, «Vientos del pueblo me llevan»

La voluntad de vivir

Me desprendí del acordeón y salté rocas abajo sin perder ni un instante.

—¡Padre, aguanta! —gritaba.

Me escurrí por una hendidura y clavé la punta de la bota con fuerza, para apuntalarme.

—¡Agárrate a mí! —grité agachándome hasta donde pude.

Noté la palma caliente y mojada de mi padre asiéndose con desespero.

—¡Ya te tengo, no te sueltes!

Cerré con fuerza mi mano, pero la suya estaba resbaladiza. La arremetida de una ola la hizo escurrirse entre la mía y perderse.

—¡Cuidado! —le advertí para que volviera a agarrarse a las rocas.

El mar rugía, como si estuviese vivo. Las olas se estrellaban contra la escollera sacudiendo a mi padre como a un muñeco. No aguantaría mucho y sin una cuerda no conseguiría sacarlo nunca de donde estaba. Me quité la camisa por la cabeza, la anudé como pude y se la lancé.

Tenía el largo de dos mangas, lo suficiente para subirlo desde arriba.

—Cógela.

Esa vez sí que consiguió asirse con ambas manos. Y lo fui izando como pude. Ni me explico de dónde saqué las fuerzas, pero lo hice yo solito, que él tenía las piernas ametralladas y no podía ayudarme. Lo veía luchar para impulsarse con los brazos arrastrándose hacia mí, hiriéndose los codos con las rocas para evitar que soportase su peso yo solo, sangrando. Hasta que, de un último tirón, logré alzarlo. El cuerpo de mi padre quedó tendido sobre el cemento sucio del espigón. Herido y maltrecho, pero vivo.

Ni abrazarlo pude. Lo primero que hizo fue señalarse las piernas.

—Véndamelas, hijo, antes de que me desangre —me rogó.

Le desgarré los pantalones y con la misma ropa le hice torniquetes donde él me indicó. Mi padre entendía de heridas y por suerte tenía la mente lúcida.

—Aquí más fuerte, que hay una vena gorda y se me va a ir la vida.

De tan fuerte como apreté pensé que le segaría las piernas. Pero aguantó mordiéndose los labios y él mismo dijo que se quería poner en pie apoyándose en mí, que no nos podíamos quedar en el espigón.

Tenía toda la razón del mundo, pero lo de ponerse en pie no era tan fácil. Aunque si algo tenía mi padre era voluntad de vivir, y las ganas hacen mucho. Otros amigos suyos menos fieros se hubieran dejado caer ahí mismo, pero él se sostuvo en mis hombros y peleó cada paso. Casi una hora nos costó llegar al inicio del espigón. Desde ahí podíamos ver la rula, donde se subastaba la pesca, que a esas horas de la madrugada comenzaba a acusar movimiento.

—Yo tengo un contacto aquí en Gijón —me dijo mi padre recuperando el aliento—. Si vas a por él, me podrán ayudar.

—¿Dónde? —pregunté ansioso.

—La sidrería Martín, en la calle San Roque, pero a estas horas no los encontrarás todavía. Tienen que abrir puertas.

—No puedo dejarte aquí —dije asustado mirando a mi alrededor—. Voy a buscar un sitio más seguro.

Lo recosté sobre unas maderas y lo cubrí con mi manta, luego lo camuflé con restos de redes sucias de pescado. Fui a por el acordeón y lo dejé junto a él. El hombre intentaba recuperar el aliento para continuar viviendo y le tendí el queso y el agua que guardaba en el zurrón.

—Come algo aunque no tengas hambre. Greta, quédate con padre y no dejes que nadie se acerque.

Tardé una hora en regresar. Todo había cambiado. Las barcas de pesca llegaban a puerto y los pescadores con las redes cargadas de anchoa, bonito, angula y calamar se dirigían a la rula. Siluetas oscuras que bromeaban entre las sombras y gritaban. Tripulaciones que olían a sudor, a vino y a mar. Me alegré. Caminar entre ellos me hacía sentir invisible. Era uno más, una silueta nocturna. Me dirigí hasta el lugar donde había ocultado a mi padre y lo encontré tiritando. Greta movió su cola alegremente.

Era tan lista que sabía que ahí no podía ladrar para no llamar la atención. No se había movido un milímetro de su puesto. Desperté a mi padre y le ofrecí unos maderos, unos restos de remos medio podridos que había localizado rebuscando entre los escombros.

—Ten, apóyate como si fueran muletas.

Mi padre siempre había tenido los brazos fuertes, era picador en la mina, y gracias a ello se pudo sostener sin desfallecer. Cargué con el acordeón procurando que no me estorbase y me coloqué el zurrón en bandolera. Avanzamos amparándonos en las sombras del muelle. Sorteamos la rula que, como suponíamos, estaba vigilada por las patrullas de la comandancia de marina. Conseguimos zafarnos de ellos, no ponían mucho celo en su labor.

—¿Dónde me llevas, Miguel? —me preguntó.

—Están abriendo el mercado de pescado —le susurré—. Es un edificio que da a la playa de San Lorenzo, al otro lado de Cimadevilla.

—Sí, mejor donde haya jaleo y movimiento —aprobó.

—Encontré un callejón detrás del mercado donde dejan las cajas vacías. Estarán ahí toda la mañana —le expliqué satisfecho de mi hallazgo.

Mi padre me apretó la mano y asintió con una sonrisa dolorida. Le había parecido una buena idea. Lo malo era llegar hasta el callejón. Le veía las piernas tumefactas, cubiertas de costras oscuras de sangre seca. Sangrar no sangraba, pero el dolor le debía de estar matando.

—Aguanta, ya casi estamos —le dije para animarlo.

Era fácil decir «aguanta». Lo difícil era aguantar, pero él aguantó.

En efecto, el callejón, angosto y sin salida, apestaba a pescado y estaba literalmente atestado de cajas vacías que se amontonaban en grandes pilas, las unas junto a las otras. Nos colamos sin hacer ruido, como gatos, le hice un hueco y le ayudé a tenderse. Me libré del acordeón, que pesaba lo suyo, y luego lo oculté tras montones de cajas de forma que fuera imposible verlo desde ningún ángulo. Mi padre lanzó un suspiro de alivio. Se sentía protegido por primera vez en mucho tiempo.

—Me has salvado la vida, hijo —reconoció revolviéndome el pelo con la mano.

Era un gesto torpe, pero me emocionó.

—Aún no —objeté—. Falta salir de Gijón y que te curen las heridas.

No es que fuera agorero, era realista y me daba mucho miedo lo que pudiera suceder a partir de aquel momento. Ya sabía que ni los falangistas ni el ejército ni la Guardia Civil se andaban con chiquitas. La ciudad estaba tomada y si encontraban a un sospechoso, dispararían a matar. Mi padre, con sus ropas de prisionero, sus manos de minero y sus piernas ametralladas era carne de paredón.

—Dejo a Greta contigo. Si ocurriese algo, me la envías.

Y ya me iba cuando mi padre me detuvo con un grito.

—¡Espera! Te falta el santo y seña: «Madrid no sé qué más». Diles «Madrid» y que vienes de parte de Pascual de la UGT de Barruelo, del campo de Pola de Siero. No te olvides.

No me olvidaría. Nos iba la vida en ello.

El primer trago

Estaba pronto a amanecer y, a pesar de que evitaba los lugares donde pudiera cruzarme con patrullas de vigilancia, fui coincidiendo con algunas mujeres madrugadoras. Vestían faldas de campesinas, cubrían sus cabezas con pañuelos anudados y tenían los rostros bronceados por el sol. Eran vendedoras de mercadillo que llegaban desde las aldeas de las vegas trasteando sus cestas de quesos y hortalizas. Lo extraño es que todas ellas se me quedaban mirando sin atreverse a pronunciar palabra.

—¿Qué te pasó, rapaz? —me soltó una por fin—. ¿Te hirieron?

Y me di cuenta de que llevaba las ropas empapadas en sangre: la camisa, las piernas, las botas. Todo yo parecía un matarife. Hasta tenía sangre seca en las manos y la cara.

Fuese por el gesto de susto o por mi aspecto de niño, que aún llevaba pantalón corto, la buena mujer me acercó un trapo, lo humedeció con agua y me ayudó a limpiarme.

—Ea, ea, que no te vean así con esta facha, que parece que hayas matado a alguien.

Y a pesar de que mejoré bastante mi aspecto, al cabo de poco rato un sereno me gritó el alto desde una esquina. Levantó su luz de gas para alumbrarme y yo no esperé a que me preguntase dónde vivía. Eché a correr como alma que lleva el diablo por las callejuelas de Cimadevilla. El sereno, un hombre entrado en años, pronto se cansó de perseguir a un chavalillo como yo. Sin embargo, me quedé intranquilo. No podía circular con esa pinta, llamaba demasiado la atención. Así pues, en la primera ocasión me hice con una camisa y unos calzones que se secaban al fresco y me libré de mis ropas viejas y manchadas de sangre lanzándolas junto a un montón de escombros.

Me ajusté los pantalones con una cuerda, que eran de hombre y me venían anchos, pero ante mi sorpresa me di cuenta de que el largo del pernil me quedaba a la medida. Ya no lo arrastraba por el lodo como cuando mi madre, en lo más crudo del invierno, me hacía poner unos pantalones viejos de mi padre. Seguramente habría crecido algo. O había pegado el estirón, como decía la abuela: «Cualquier día Miguel nos pega el estirón, que fíjate qué brazos más largos que tiene ya».

Y ya fuese por la ropa o por la conciencia de que tenía talla de hombre, me sentí mayor. Y como mayor que era, pude preguntar sin apuro por la sidrería de Martín. Y me sonreí al pensar que al darme las indicaciones creerían que yo, de buena mañana, con mi camisa blanca y mis pantalones negros, era un mozo que me iba a tomar un vaso de sidra.

Pero a pesar de que muchas de las tienducas de los alrededores abrían sus puertas al público y de que el sol ya calentaba, secando las calles enlodadas, la sidrería Martín, con sus letras bien visibles entre muros desconchados de color ocre, estaba cerrada a cal y canto. Me aposté en la esquina con la esperanza de que abrieran pronto, pero esperé en vano. El sol ya comenzaba a estar alto y temía por la seguridad del callejón donde aguardaba mi padre. El temor me dio alas para preguntar a un chavalillo.

—Oye, ¿tú sabes cuándo abren la sidrería?

—Depende.

—¿Depende de qué?

—Depende de si Martín tiene otra tarea o no.

—¿Y tú sabes dónde vive Martín?

—Pues sí.

—¿Y le puedes avisar de que le está esperando alguien?

—Depende.

—¿De qué?

—De que Martín quiera venir o no.

—Tú dile «Madrid» y a ver qué te contesta. Dile que le espero, que es muy importante.

Y por instinto saqué un pedazo de queso de mi zurrón y se lo puse en la mano.

—Te daré más cuando regreses con Martín.

Fue una buena táctica. El chaval se presentó al cabo de poco con un tipo mal afeitado y recién arrancado de las sábanas que me miró de arriba abajo sin dirigirme la palabra siquiera. Le pagué lo acordado al niño mientras

Martín abría su sidrería y me hacía pasar con un gesto adusto.

Me intimidó con su mirada. Dentro todo estaba oscuro, húmedo.

—¿Madrid qué? —me dijo de malos modos.

—Pues no sé, mi padre me dijo que le dijera «Madrid no sé qué más», que no se acordaba del resto.

Martín me agarró por el cogote y me zarandeó.

—Esto es para cosas serias, ¿me oyes? Si no te acuerdas, te vuelves por donde has venido —me gritó.

No me lo esperaba. No me esperaba esa reacción, y, sin poderlo remediar, se me resquebrajó el coraje y me eché a llorar hablando atropelladamente.

—Lo acaban de fusilar, lo sacaron de Pola con otros catorce y los fusilaron en la escollera... —balbuceé entre sollozos—, se está desangrando.

Martín me soltó de inmediato y se me quedó mirando.

—Qué me dices. ¿A quién fusilaron?

—A mi padre, a Pascual Serna, de la UGT de Barruelo. Estaba en el campo de Pola de Siero y se lo trajeron los falangistas anoche, pero no debían tener sitio en la prisión y unos militares les dieron la orden de fusilarlos.

—¿Y dices que está vivo?

—Lo tengo escondido en un callejón tras unas cajas de pescado... —sollocé—. Pero está muy mal, tiene las piernas heridas, se las vendé como pude.

Martín no salía de su asombro.

—¿Fusilado? ¿Cómo pudo nadar? ¿Cómo conseguiste sacarlo del agua?

—Le pasé mi navaja en el alto del camino de Noreña a Gijón. Se cortó él mismo las ataduras y por suerte solo dispararon a las piernas. Se agarró a las rocas y le saqué del agua con mi camisa. Le ayudé a caminar con unos remos.

Martín me puso delante una silla y me hizo sentar.

—¿Y de dónde vienes, hijo?

—De Barruelo.

Martín me miró con otros ojos y en silencio descorchó una botella, cogió un enorme vaso y levantando el brazo derecho escanció un chorro de sidra espumosa que rompió contra el vaso.

—Ahora mismo sacamos a tu padre de Gijón —me dijo—, pero antes vamos a beber un culín tú y yo.

—Pero, pero... yo no bebo, que soy un niño —protesté—. Mi madre no me deja.

Martín me miró de arriba abajo y negó.

—Ya no eres un niño —dijo categórico.

Y me convenció. Eché la cabeza atrás y di mi primer trago.

La sidra sabía ácida y amarga, como la vida.

Una bala para el recuerdo

—¡Padre, por favor, abre los ojos, padre!

No respondía. Al regresar al callejón lo había encontrado desmayado entre el hedor del pescado podrido. Unas moscas verdes y gordas zumbaban sobre sus piernas y Greta le defendía como una valiente de una rata que pululaba entre las cajas. La bestia era atrevida y no se dejaba amedrentar por los ladridos. Enseñaba los dientes a la perra plantándole cara. La ahuyenté a golpes de caja.

—¡Fuera, fuera!

Sin perder un instante, levanté la cabeza de mi padre para reanimarle. Le eché agua por la cara, pero no abrió los ojos. Me desesperé. Estaba muy mal. El color amarillento de su piel y el tono azulado de sus heridas no presagiaban nada bueno. Seguramente moriría sin que yo pudiera hacer nada por salvarle la vida.

Nadie vendría a ayudarme.

—Tú aguarda junto a tu padre que alguien vendrá. No desesperes —me había dicho Martín.

Y eso hice. Esperé un tiempo que se me hizo eterno hasta que empecé a desesperar. Lo acunaba en mi regazo.

Le hablaba para mantenerlo vivo, para que no se apagase la llamita de la esperanza. Le mojaba los labios con agua y le refrescaba la frente ardiendo. El día se presentaba muy caluroso y mi padre sudaba a mares por culpa de la fiebre. Yo mismo me iba atontando, que ya llevaba dos noches sin dormir. De pronto, no sabría decir cuántas horas habían pasado, una voz me sacó del sopor en el que estaba cayendo.

—A ver, dónde está el herido.

Era una voz femenina. Levanté los ojos y me topé con una de esas mujeres sin edad, de busto generoso y piel curtida, que hubiera podido ser mi madre, mi abuela o mi tía. Fuera quien fuera era del tipo de mujer que no se arredra ante nada ni nadie. Se arremangó inmediatamente junto a mi padre sin hacer ascos a las ratas, a los gusanos o al hedor que desprendían las cajas de pescado podrido.

—Está muy mal —dije yo con ganas de sacar la pena de dentro.

—Eso ya lo veremos —dijo—. Acércame el canasto.

Le rasgó los toscos vendajes que yo le había hecho y de dentro de su canasto sacó una botella de aguardiente con la que le roció las piernas. Mi padre pegó un respingo y abrió los ojos.

—Tranquilo, minero, vivirás para contarlo.

Y le volvió a rociar. Y esta vez sí, mi padre pegó un aullido.

—Modera los gritos, minero. Anda, bebe. —Y le ofreció un trago de la botella para que soportase mejor el dolor.

Ayudada de un cuchillo que quemó ahí mismo, rociándolo antes de alcohol, le fue extrayendo esquirlas de metralla superficial, pero se detuvo ante una herida que aún sangraba.

—Aquí hay bala enquistada. Esto ya es más feo. Andrés se encargará.

Sacó vendas limpias del canasto. Le vendó las piernas con más pericia que la mía y le puso unos calzones grandes para ocultar el vendaje. Me dio instrucciones.

—Tengo el carro unas calles más allá. Fingiremos que está borracho. Anda, vamos —me indicó—. Y tú, minero —le susurró a mi padre—, ya sabes lo que es andar borracho.

Al salir del callejón empezó el teatro.

—Es que no se le puede dejar solo. Vamos, hijo, aguanta a tu padre que cada día está peor.

Y así, tropezando entre los dos, con mi acordeón a la espalda y sosteniendo una botella vacía, nos hicimos valer como una familia en apuros. Una mujer se persignó a nuestro paso.

—Qué cruz, señor, borracho a estas horas.

—Y que lo diga, pero es un marido vivo, que pocos quedan ya.

Y mientras hablaba levantó la lona del carro y con una fuerza inaudita lanzó a su supuesto marido dentro, sin miramiento alguno. Mi padre aulló.

—Anda, calla, quejica, más que quejica. Duerme la mona y déjanos tranquilos a tu hijo y a mí.

Con un gesto me indicó que lo ayudase y, al meter la cabeza bajo la lona, observé cómo mi padre se cubría con las manzanas del carro. Dejé mi acordeón junto a él y le ayudé a hacerse un hueco y a desaparecer entre la carga. Luego salté al pescante, junto a mi nueva madre.

—Y ahora, para casa.

Arreó al viejo caballo y salimos al paso de Cimadevilla.

—Por si nos paran, mi nombre es Pepa y venimos de Campo Caso. Y soy tu madre, ya lo has oído. Pero tú a callar, que ya hablo yo. Te haces el tonto o el mudo.

—¿Y él? —pregunté señalando hacia el carro.

—¿Quién es él? —preguntó a su vez chasqueando la lengua para arrear al caballo.

—Mi padre.

Se encogió de hombros.

—Tu padre murió y aquí no hay nadie. Y si lo descubren, que Dios no lo quiera, ni tú ni yo sabemos quién es ese hombre. Se coló ahí dentro mientras estábamos en el mercado vendiendo la manzana.

Salimos del recinto de Cimadevilla y enfilamos una avenida que en su momento debió de haber sido hermosa. Era un mediodía de septiembre inusualmente cálido. Me adormecí sin remedio. El traqueteo del carro, el pecho generoso de Pepa, la tranquilidad de saber que mi padre estaba con vida, la lengua de Greta en mi mano. En mi duermevela oí unas voces secas que preguntaban a Pepa sobre la carga y sobre el camino que seguía. Y escuché a Pepa bromear con los soldados, que debían de ser soldados, y ofrecerles un trago de sidra y decirles que llevaba al rapaz agotado –ese era yo– y un poco bebido y que les regalaba la sidra, que lo suyo debían de sudar pateándose los caminos en busca de facinerosos.

Era dicharachera y, sin abrir los ojos, supe que se los había metido en el bolsillo y que mi padre estaba a salvo.

No desperté hasta bien entrada la noche, a las puertas de una cabaña.

—¿Dónde estamos? —pregunté frotándome los ojos. Había refrescado.

La luz de un candil me cegó y me respondió una voz cálida de hombre.

—Vamos a trasladar a tu padre dentro para quitarle la bala.

Mi padre, la bala, la herida. Todo me vino a la cabeza de golpe. Miré a mi alrededor esforzándome por ubicarme en la oscuridad, pero solamente distinguí la silueta de una cabaña de pastor, de esas que usan los asturianos para guardar las vacas en verano, en los prados de altura. Respiré hondo y me llené los pulmones de aire fresco y húmedo. Olía a hayedos. Estábamos en una ladera norte, rodeados de pradería, de bosques de hayas y helechos. Era olor de libertad.

—Este es Andrés, mi marido. El de verdad —me aclaró Pepa con sorna.

Entre los tres trasladamos a mi padre al interior. Apenas una cuadra para los animales, un pajar y un cuartucho para el pastor, con su hornillo para cocinar y su jergón en el suelo para dormir. Ahí lo tendimos y Andrés, cuidadoso, le sacó la bala a punta de cuchillo.

—¡Me cago en diez! —no paraba de renegar cada vez que la bala se le escurría de la hoja afilada.

Mi padre aguantó hasta que se desmayó del dolor.

—¡Aquí está la puñetera! —gritó Andrés al fin mostrándonos la bala a Pepa y a mí.

Y me la regaló.

—Para ti, que me han dicho que te la has ganado.

Pasé los dedos sobre la superficie de la bala aún caliente de la carne de mi padre. Me la guardé en un bolsillo y me dije que se la mostraría a mis hijos, si los tenía. Y a los hijos de mis hijos, si llegaba a conocerlos.

Andrés desinfectó la herida con alcohol y luego pinchó una inyección de caballo a mi padre. Me dijo que era penicilina, que era muy escasa y que no podían conseguir más. Pepa cosió la herida con aguja e hilo, como quien cose un dobladillo.

—Si sobrevive a la infección, vivirá. Tiene buena encarnadura y la bala no ha dañado ninguna arteria —opinó Andrés.

Respiré aliviado y Pepa me palmeó la espalda.

—Tendrás que cuidarlo tú solo. Si empeora, bajas al pueblo y nos avisas.

Entendí que eran una pareja que protegía al maquis y acogía a huidos. Pepa dispuso la cena sobre una mesa de roble. Compartimos tartera hundiendo las cucharas en el guiso. Y mientras cenábamos como personas, alrededor de una mesa, me explicaron su historia. Triste como tantas otras.

—Nos mataron a los hijos —confesó Pepa sin echar ni una lágrima—. Tres teníamos. Dos hijos y una hija.

Se me atragantaron las alubias, que estaban riquísimas.

—Lo siento —musité.

Aunque, al mirar a la mujer a los ojos, entendí que quería hablar de ellos.

—¿Cómo se llamaban? —pregunté.

Hablar de los hijos muertos los aliviaba. Pepa y su marido me hablaron con orgullo de su hija Eva, maestra y muy lista, que se sacó los estudios en Oviedo y que se iba a casar muy pronto. La fusilaron el primer día del alzamiento. Se ve que estaba en un pueblito de Burgos y todos la conocían como «la Roja». Y luego me hablaron de Jaime y Andresín, minero el mayor y Andresín casi un niño, que se alistaron en el ejército de la República y no vivieron para contarlo.

Esa noche dormí en la cabaña de Pepa y Andrés. Buena gente. Me dejaron provisiones y me encomendaron las vacas antes de regresar a su pueblo.

—Tengo buena mano —dije sin modestia.

—Mejor. Y si la Guardia Civil pregunta, tú contestas que te tenemos de zagal. No des más detalles.

Luego fui a por mi acordeón y les toqué *Asturias, patria querida*, y esa vez sí, Pepa lloró abrazada a Andrés.

Dormí junto a mi padre. Ardía y temblaba, pero estaba vivo. Balbuceaba palabras sin sentido y de vez en cuando gemía. Le puse la mano sobre la espalda y me pareció que se tranquilizaba.

La mantuve ahí, toda la noche, y mi padre durmió como un niño.

Buena encarnadura

Mi padre tenía buena encarnadura. Y buen cuerpo. Los caldos, la leche fresca, las alubias y el descanso le devolvieron las fuerzas. Dormitaba en el pajar durante el día y dormía profundamente por la noche.

Al mes ya era capaz de sostenerse en pie sin problemas y a las siete semanas caminaba bastante bien. Le quedaba metralla incrustada en las piernas, claro, pero eso era una minucia.

Le acompañé una mañana templada a bañarse al río. El sol era un regalo en aquel noviembre húmedo y lluvioso. «El veranillo de San Martín», dijo Pepa mientras nos dejaba una pastilla de jabón, una toalla y ropa limpia para los dos. Mi padre había engordado algo y ya no se le marcaban las costillas. Tenía un aspecto casi saludable.

Nos reímos del color blancuzco de nuestra piel que iba apareciendo bajo las capas de suciedad acumulada. Y de pronto, mi padre paró de frotarse con el jabón y se me quedó mirando.

—¿Y ese bigote? —me señaló.

Yo no me había mirado a ningún espejo en los últimos meses. Me pasé la mano por el labio y sí, noté algo rasposo.

—Pues no sé, habrá salido de golpe.

Mi padre me observó admirado, de arriba abajo.

—Pero si estás hecho un hombre, Miguel.

Me di cuenta de que sí, de que mi padre y yo teníamos la misma estatura y de que, efectivamente, los dos desnudos éramos muy parecidos a pesar de que mi padre era mucho más peludo que yo.

—Menudo mozo nos ha salido —me palmeó orgulloso—. Hoy mismo te enseño a afeitarte con la navaja.

Nos tendimos sobre el verde, mojados los dos, y nos secamos con el sol vacilante de noviembre, que ya apenas calentaba. La caricia del sol otoñal me hizo entornar los ojos y pude oír el discurrir del riachuelo y el sonido de las astas de los ciervos emboscados chocando contra la corteza de los robles. Finalizaba la berrea, la época en que los machos entran en celo y pelean entre ellos por las hembras.

—Tendremos que marcharnos —murmuró mi padre tan ensimismado como yo por esa paz aparente.

—Pues sí —respondí.

Pero nos sucedía lo mismo. Estábamos tan cómodamente instalados en esa rutina de tranquilidad que nos daba pereza ponernos en marcha.

Esa misma noche alguien decidió por nosotros.

Sobre las nueve de la noche, una patada brusca contra la puerta de la cuadra donde yo estaba ordeñando a la

Blanca provocó los ladridos de Greta. Me giré en el acto. Eran dos guardias civiles armados.

—Nombre y documentación —me espetaron apuntándome con sus fusiles.

«Se acabó», pensé levantando las manos asustadísimo. «Lo saben, saben que mi padre está en el pajar y vienen a matarlo». A punto estuve de confesarlo todo, pero Greta, ladrando furiosa y mordiéndome las botas, me hizo reaccionar.

—Dile a esa perra que calle o la frío a tiros.

Pensé que el ruido, los ladridos y las voces alertarían a mi padre para que se camuflase entre el heno y desapareciese de la vista. Por suerte, se había echado a dormir hacía un rato y nada delataba su presencia en la cabaña, de eso ya se ocupaba él, acostumbrado a esconderse y a huir continuamente. Y se me ocurrió que los guardias tal vez estuviesen ahí por casualidad, que quizás solo estuviesen haciendo su ronda. Así pues, lo intenté.

—Miguel Serna —dije a toda prisa con tono cordial y voz serena, procurando que no se me notase el miedo—, me contrataron de zagal los paisanos, Pepa y Andrés, para cuidar las vacas este verano. Se quedaron sin hijos, los pobres. Son parientes de mi madre.

—El verano pasó —me cortó antipático el más mayor de los dos.

—Lleva toda la razón, se me acabó lo que se daba, que ya las tengo que bajar. Pero mi jornal le ha ido muy bien a mi madre, la pobre. Es viuda y con seis hijos. Yo soy el mayor.

Hasta los guardias civiles tenían madre, y eso siempre funcionaba. Creí oír un chasquido en el pajar y temblé por si ellos también lo habrían oído. Dejé caer de golpe el taburete donde ordeñaba a la Blanca para amortiguar el ruido.

—Qué torpe soy, perdón.

—Papeles —insistió el más joven apuntándome.

—Los tengo en el zurrón. ¿Un poco de leche caliente? —les ofrecí—. La calentaré en el hornillo. Pasen a mi cuarto.

Conseguí sacarlos de la cuadra y cerré tras de mí aliviado. No se habían molestado en husmear en el pajar. No había habido chivatazo. Mientras inspeccionaban mis papeles, burdos, expendidos por el cura, y me miraban levantando la vista como para cerciorarse de que ese tal Miguel Serna era yo, les ofrecí un cazo de leche espumosa, recién ordeñada, y dos tazas.

—Es de la Blanca, que da una leche riquísima. Tomen un sorbo caliente, que ya refrescó.

Y aceptaron. Conseguí que aceptaran mi hospitalidad y que creyeran que yo era el chico más feliz del mundo en su compañía. Nadie en su sano juicio se imaginaría que tenía escondido en el pajar a mi padre huido. Yo sufría por la navaja y el jabón del afeitado que había quedado sobre la mesa.

—¿Cuántos años tienes? —me preguntó el más viejo frunciendo el ceño.

—Trece, señor.

—¿Y ya te afeitas? —preguntó suspicaz.

Esa misma mañana me había afeitado mi padre. Aún tenía las marcas.

—Sí, señor, pero todavía no tengo mucha maña. Me corté, mire, mire usted.

—No pareces un chico de trece.

Y de pronto recordé que yo, como los higos y las almendras, nací en septiembre, y me eché a reír. Hasta mi padre se había olvidado de mi cumpleaños.

—Lleva razón, señor, cumplí los catorce por San Damián. Pero sin mi madre, nadie me lo recordó.

—Vaya, vaya... —se conmovió el guardia más mayor sorbiendo la leche caliente—. Donde haya una madre...

—¿Tocas el acordeón? —me preguntó el chico joven sentándose en el banco de madera y colocando el fusil junto a sus piernas, en un gesto confiado.

—Pues sí, lo heredé de mi tío, que se sacaba unos buenos dinerillos tocando en las fiestas. El pobre murió.

Me asombré de mí mismo y mi mentira. Mentía con una facilidad pasmosa. Mentía con convencimiento. Mentía para vivir. Me di cuenta de que el país entero estaba sumido en una gran mentira. Lo había aprendido muy deprisa.

—¿Les toco la de la jaca?

Al guardia civil joven se le iluminaron los ojos.

—Esa, esa, que me recuerda a mi pueblo. Soy de cerca de Jerez.

Y ahí los tuve dándoles la serenata y complaciéndolos. Me invitaron a fumar y, a pesar de que les insistí en que mi madre no me dejaba, me obligaron a encender un cigarrillo. Tras un par de caladas que me hicieron toser lo mío, lo aplasté con la bota. Para mi padre, pensé.

—Hasta otra —se despidieron horas más tarde remoloneando.

Y justo al cerrar la puerta de la cabaña me comenzaron a temblar las manos, se me doblaron las piernas y noté la boca seca y pastosa. Me salió de golpe el susto que había sabido disimular tan bien.

Mi padre bajó del pajar con el hatillo preparado.

—Nos libramos por los pelos, pero no podemos quedarnos ni un día más. Mañana bajas las vacas donde Andrés y Pepa y te despides.

Pensé que lo había hecho mal, pero mi padre me palmeó la espalda.

—Me salvaste la vida por segunda vez.

Quizá tuviera razón, pero él habría hecho lo mismo por mí.

—Al pasar el puerto de Tarna tengo que hacer una visita —le dije a mi padre.

—¿Una visita? —se asombró.

—Hice una promesa... a una chica.

Él se echó a reír ante mi sonrojo.

—Ya tienes catorce años, tú sabrás en qué líos te metes.

Y rio con más ganas.

Covadonga, mi espejo

Lo primero que vi fueron sus trenzas voleando al viento. Eran tan rojizas y ligeras como recordaba. Y su cara pecosa tan bonita como la había soñado durante noches. Y su voz tan cantarina como la escuché la primera vez. Cantaba aburrida, sentada sobre una roca. Una voz preciosa. Tarareaba una canción que yo conocía bien.

Tres hojitas, madre,
tiene el arbolé.
La una en la rama,
las dos en el pie,
las dos en el pie,
las dos en el pie,
Inés, Inés, Inesita, Inés.

Y ataqué con mi acordeón. La melodía del acordeón la envolvió como un manto y la dejó sin palabras. Se quedó muda, giró la cabeza, se puso en pie de un salto y se acercó a mí escuchando con los ojos muy abiertos, muy verdes, muy brillantes. Mirándome como si fuese un príncipe. Poco a poco se le fue dibujando una sonrisa ancha y generosa y cantó la última estrofa conmigo y mi música.

Dábales el aire,
meneábanse.
Dábales el aire,
jaleábanse,
jaleábanse,
jaleábanse,
Inés, Inés, Inesita, Inés.

Al finalizar la canción di un paso hacia ella y otro, y otro más. Hasta que estuvimos los dos cara a cara, muy juntos. Cova se puso de puntillas, acercó sus labios a los míos, cerró los ojos y me besó.

Fue un beso rápido y limpio. Un beso alegre, juguetón, tímido. Dejé el acordeón en el suelo y la abracé. Era mucho más alto que ella.

—¿Te ha gustado? —me preguntó Covadonga con su sonrisa traviesa.

—Es que yo quiero un beso de los de verdad —le dije.

Covadonga se disculpó levantando los hombros.

—Pues de esos no sé. Soy muy joven.

Yo tampoco sabía, pero disimulé.

—Yo te enseño.

Y la besé a mi manera. Nos besamos, que ella también se animó. Aprendimos juntos y luego nos reímos juntos. Pero no teníamos todo el tiempo que hubiésemos querido. Nos dimos la mano para bajar la cuesta correteando, como si fuésemos un poco novios, y le conté mi historia mientras la acercaba hasta donde estaba mi padre esperándome. Y fue ella quien se ofreció a brindarnos su hospitalidad.

—Os quedáis a dormir en el pajar y os traigo algo de cena.

—No queremos ser un problema —objetó mi padre.

Por toda respuesta Cova sonrió y mi padre se dejó querer. Como yo.

—Sabía que encontrarías a tu padre y que volverías —me confesó muy quedo esa noche al traernos una tortilla y pan.

Y era cierto, aparte de mi hermano Tomasín, ella fue la primera que creyó en mí. Me dijo que yo era valiente y guapo y que tenía palabra. La confianza ajena hace mucho, porque a veces nos vemos como nos ven los demás. Por eso los fascistas nos humillaban, nos cortaban el pelo y se reían de nosotros, para que nos viésemos como gusanos.

Covadonga fue el espejo más hermoso de mi viaje.

Huidos en los montes

Salí del sueño de Covadonga bruscamente. Me despertó su voz.

—Miguel, tenéis que iros. Rápido.

Mi padre ya estaba en pie, preparando el petate. Yo no entendía nada, aún era de noche cerrada, apenas llevaba durmiendo media hora. ¿Qué ocurría?

Él me lo resumió.

—El padre de Covadonga ha ido al cuartelillo a denunciarnos.

Covadonga estaba desolada.

—Se enteró por mi hermano pequeño y se puso hecho una furia. Estarán aquí en una hora o quizás más. Lo siento —sollozó—, lo siento mucho.

La besé y sequé sus lágrimas.

—No es malo, pero tiene miedo por mi hermano Juan, que está en la cárcel, y por las represalias.

—Ea, ea, no te preocupes. —La abracé.

—Es que no quiero que te pase nada.

No podía creerlo, una chica estaba llorando por mí. Fue un momento dulce entre la amargura de la traición.

No se lo tuve en cuenta porque ella no tenía la culpa de la decisión de su padre, las guerras sacan lo peor de las personas. Probablemente, fuera un buen hombre.

Covadonga nos advirtió que a veces la Guardia Civil se valía de perros adiestrados para seguir el rastro de los fugitivos durante la noche. Luego nos ofreció pan y queso y nos dio cuatro indicaciones para cruzar el río y despistarlos.

Salí de allí con el alma en vilo y el adiós caliente en los labios. Al segundo y medio de separarnos ya la añoraba. En ese instante entendí lo que era una despedida.

Pronto comenzó la huida de verdad. Mi padre me lo resumió en algo más que una frase.

—Esto va en serio, Miguel, si nos pescan nos matan. O sea que a correr.

Y tanto que corrimos. Nos pasamos cuatro días corriendo sin parar. Subiendo y bajando montes, vadeando ríos, sorteando pueblos habitados. Nos deteníamos lo justo para comer un bocado, ocultos en el bosque, y a echar un sueño por turnos mientras el otro hacía guardia. Caminábamos sin parar, vigilantes a los ruidos, a los movimientos, a las luces nocturnas. Greta y mi padre eran unos fenómenos. Yo, a su lado, parecía ciego y sordo. Ellos lo oían todo, lo olfateaban todo y detectaban cualquier presencia humana a más de un kilómetro a la redonda.

Mi padre nos condujo por senderos intrincados que conocía muy bien, guiándonos por atajos imposibles, y nos fue acercando hasta Valdecebollas, en lo alto del valle, un monte que yo alcanzaba a ver desde casa.

Nos descubrieron mientras cruzábamos un bosque de robles.

—¡Alto ahí! Tirad las armas y los brazos en alto.

Demasiado tarde, demasiado confiados. Esa vez ni mi padre ni Greta habían olido el peligro. Un fusil nos apuntaba desde lo alto de un roble. Mi padre giró lentamente la cabeza hasta el francotirador y musitó.

—Soy yo, Pascual...

—¡Brazos en alto y a callar!

—¿Ángel? ¿No me reconoces? Soy Pascual Serna.

Un hombre grande como un armario saltó del árbol, fusil en mano, y se plantó ante los dos. Era Ángel Bedoya, herrero de Brañosera.

—¡Estás vivo!

Mi padre y Ángel se fundieron en un abrazo largo y emotivo. Habían luchado juntos, habían estado juntos en el monte y se habían dado por muertos uno al otro. Mi padre nos había llevado a un campamento del maquis.

—Así que este es tu chaval —me saludó Ángel—. Estás de suerte, chico, ayer cazamos unos cuantos conejos.

El chozo quedaba medio oculto entre las rocas. Lo usaban ocasionalmente los pastores en verano, pero en el otoño y el invierno servía de refugio a los hombres que se habían echado al monte. La entrada estaba camuflada por ramaje y protegida por fusiles. Jamás quedaba sin vigilancia. La brigada la componían cinco hombres que continuaban la guerra por su cuenta, como tantos otros, esperando la ocasión para pasar a zona republicana y llegar a Francia. Al entrar en el chozo me sentí seguro y caliente por primera vez en muchos días. Estábamos en noviembre y tenía las manos ateridas de frío.

Esa noche fue un festín y además de dormir de un tirón me enteré de muchas cosas. De la fama de conquistador de mi padre, de sus hazañas bélicas, esas que no me había querido contar, de la represión en las montañas y de las malas perspectivas de la guerra.

—Quedaos unos días a descansar y comunicamos tu situación a los mandos —nos sugirieron.

Yo hubiera aceptado de buena gana, pero mi padre fue tajante.

—Primero veré a mi mujer.

—Es peligroso, mejor no te acerques al pueblo. Puede que haya habido chivatazo.

—Miguel llevará el recado a casa.

—Cuidadín. Las paredes oyen y las farolas tienen ojos —me advirtió Ángel.

—Me quedaré un par de noches en la Escalerilla —comentó mi padre—. ¿Es seguro?

—No es aconsejable, mejor en el chozo Tonino, que queda más alejado —suspiró Ángel tras intercambiar una mirada de resignación con los hombres.

Mi padre era un cabezota. Lo sabían todos.

Así pues, esos eran nuestros planes inmediatos. Por fin regresaría a casa, vería a mi madre, a mi abuela, a mis hermanos, a mis vacas y habría concluido mi misión.

—¿Nos tocas algo, Miguel? —me dijo un larguirucho señalando mi acordeón—. ¿Te sabes la del gallo negro?

No la sabía, pero la aprendí enseguida. Esa y muchas otras que se cantaban en el bando republicano. *Ay, Carmela*, *A las barricadas*, *Si me quieres escribir* y hasta el *Himno de Riego*. Esas letras no se oían en el bando nacional. Me emocioné. Eran canciones que hablaban de la vida, de la muerte, del amor, de la libertad y la esperanza. Solo eran canciones, pero me di cuenta de la fuerza de esas palabras y esa música para quienes lo habían perdido todo, y no tenían nada a lo que aferrarse.

Me adormecí rodeado de hombres. Aunque, esa vez, me sentí uno más.

La venganza se sirve fría

172 Llegué a Barruelo de noche. Algunos ladridos, luces mortecinas y mucho silencio. Greta y yo avanzábamos sigilosamente, amparándonos en los muros, y procurando esquivar las pocas farolas que había encendidas. Ya estábamos cerca de mi casa. Y en esas, al pasar por el barrio de San Pedro y cruzar frente al corral de Margarita, se abrió la puerta y choqué con ella.

Margarita gritó, que era muy aficionada a los gritos, y el trabajo fue mío para tranquilizarla. Tuve que empujarla dentro del corral para que no nos oyeran.

—No me toques, déjame —gritaba malinterpretando mi gesto de sujetarla.

—Que soy yo, Miguel, que no te voy a hacer nada —le susurré al oído intentando evitar el escándalo.

—¿Miguel? ¿Miguel? —repitió dos veces atónita y repasándome de arriba abajo sin reconocerme—. ¿Qué Miguel?

—Pues Miguel Serna, de la casa de Pascual.

—¿Miguel Serna? —exclamó sorprendida—. No puede ser... Si tienes una voz diferente y... esa barba... Estás muy alto...

Su voz sonaba admirativa. Estaba claro que le causaba buena impresión, aunque yo no fuera consciente de haber cambiado tanto.

—Pues ya lo ves, no soy un crío y tú no me has visto —añadí con misterio.

En esos momentos lo último que deseaba era entablar una conversación con Margarita y que se supiera en el pueblo que había vuelto, pero Margarita no estaba dispuesta a recibir un chasco, era del tipo de chicas que siempre quieren tener la última palabra.

—¿Y ese acordeón?

—Un regalo.

—¿Encontraste a tu padre en Oviedo?

Vaya. Tenía más memoria de la que ella misma se atribuía.

—¿Desde cuándo te importa lo que yo haga o deje de hacer?

—Desde ahora mismo. Y no pienso dejarte marchar hasta que me lo cuentes todo.

Estaba en un brete. Margarita, súbitamente interesada en mí, dándome conversación en el corral de su casa como si fuera un domingo a la salida de la iglesia. Yo iba de incógnito y lo último que pretendía era ponerme a hablar de mi padre.

—Otro día, ahora no puedo.

Me dirigí a la puerta para salir a la calle, pero Margarita me cortó el paso.

—¿No querías darme un beso?

Me quedé frío. Otra vez me venía con esas, quería refregarme por la cara mi torpeza.

—Eso fue antes de marchar.

—Pues te dejo.

—¿Me dejas qué?

—Que me beses, tonto. Para celebrar que has regresado sano y salvo.

Y cerró los ojos esperando un beso que no llegó.

Dicen que la venganza es un plato que se sirve frío. Lo disfruté. Aguardé unos instantes y tosí. Margarita abrió los ojos.

—¿A qué esperas?

—No pienso besarte.

—¿Por qué? —se extrañó ella.

Probablemente era la primera vez que algún chico le negaba un capricho.

—Porque tengo novia. Se llama Covadonga y es más guapa que tú. Hasta luego.

Y no miento si reconozco que me encantó su mohín de disgusto y el golpe enfurecido de su pie contra las tablas de madera del corral.

Miguel, no Miguelín

No quería tener otro encontronazo imprevisto como el de Margarita. Así pues, me aposté junto al muro trasero de mi casa y esperé un tiempo prudencial. Quise cerciorarme de que no hubiera ningún movimiento sospechoso por los alrededores y hasta que no estuve bien seguro de que no estaba vigilada no me colé por el pajar.

El ventanuco estaba sin ajustar, tal y como mi padre me pidió que le dijera a mi madre que lo dejase. Metí a Greta dentro, introduje mi acordeón y a continuación salté yo. No podía creerlo. Qué alivio. Estaba en casa, había vuelto a casa vivo. Hubiera querido gritar, pero me limité a revolcarme de alegría, jugando con Greta, y a reír hundiendo las manos entre la paja. Hallé una bota de vino, un pedazo de cecina y un queso. Se me ensanchó el corazón. Mi madre y mi abuela confiaban en nuestro regreso y confirmarlo era un alivio. Así debían sentirse los hombres que se echaban al monte al saber que no los habían olvidado, que continuaban siendo parte de la familia.

E hice lo que habría hecho cualquiera en mi lugar. Me senté en el pajar y saboreé la cena que me habían preparado, en compañía de mi perrita fiel.

Una vez hube cenado me puse en marcha de nuevo. Atravesé la cuadra vacía, que sin animales no era lo mismo, y entré en la casa sin hacer ruido.

Silencio. Todos dormían profundamente.

Asomé la cabeza a la pequeña cocina y aspiré el aroma de los guisos familiares. Rebañé un plato de garbanzos

con un pedazo de pan recién horneado y me supo a gloria. Pero no era el momento de volver a llenarme la panza, tiempo habría para reponerme del hambre. Vencí mi gula y me di media vuelta. Subí las escaleras lentamente. Greta, a mi lado, avanzaba tan silenciosa y prudente como yo. Movía la cola feliz, eso sí, aunque sabiendo que la situación era excepcional y que debíamos reprimir nuestra alegría.

Pasé por delante de la habitación donde dormía la abuela con mis hermanas, pasé por delante de mi antigua habitación donde ahora solo se apretujaban Tomasín y los gemelos, y me planté ante la habitación de mis padres. La puerta estaba entornada y por la rendija divisé un pequeño rastro de luz. A veces mi madre cosía arrebujada en la cama. Nunca se cansaba de trabajar y en una casa con seis hijos los remiendos estaban a la orden del día. Ahora dormía sola porque la pequeña Chusa ya no chupaba la teta.

Abrí la puerta poco a poco suplicando sin palabras que no chirriase y que mi madre no fuese tan impresionable como Margarita. Por si acaso, empujé dentro a Greta para que saludase. Para cuando el hueco me permitió entrar, mi madre ya estaba avisada y expectante. Había dejado caer las agujas y la ropa en el cesto y permitía que Greta le lamiese las manos.

Vestida con la camisa de dormir, saltó de la cama como una exhalación y se me abrazó con fiereza.

—Miguel, Miguel, hijo mío, Miguel —repetía sollozando—. Estás vivo...

Estaba emocionada por mi regreso y en ese «estás vivo» tan sentido le noté un deje de culpabilidad por haberme empujado a una aventura tan peligrosa. Probablemente, debió de arrepentirse en más de una ocasión durante esos largos meses que había pasado fuera de casa.

—¿Y tu padre? —consiguió articular al fin—. ¿Pudiste verlo?

—Mi padre está vivo —me apresuré a decir—. Y a salvo —añadí para que quedara claro que estaba en libertad, que no esperaba su juicio en ninguna cárcel lóbrega, que no estaba en la lista de ningún pelotón de fusilamiento.

A continuación le expliqué a grandes rasgos todo lo que había ocurrido. Mi madre me escuchaba atónita y sin acabar de creerlo. Ni yo mismo podía creerlo conforme lo relataba.

—¿Dónde está ahora?

—En el chozo Tonino, donde el maquis. Me ha dicho que venga a por ti y que te lleve esta noche con él. Te espera allá.

Y de pronto, mi madre se echó a reír. Fue tan sorprendente que me la quedé mirando.

—¿Te lo dijo él? ¿Te dijo que me esperaba esta noche?

Mi madre reía con risa de niña, parecía joven, alegre, una moza a punto de ir a la fiesta. Corrió a abrir el armario y sacó un vestido estampado.

—Es bonito, ¿no?

Era tan insólito ver a mi madre escogiendo un vestido que parecía que me la hubieran cambiado. Salí de la habitación mientras ella se arreglaba y se vestía. Abrí suavemente la puerta de la habitación de mis hermanos y ahí, desde el quicio, como hacía mi padre cada noche, los observé. Y de pronto oí una vocecilla que preguntaba:

—¿Padre? ¿Eres tú?

Era Tomasín, que me había confundido con mi padre. El pobre hacía tanto que no lo veía, que creyó que era él. Me acerqué y lo abracé.

—Soy yo.

—¡Miguel! —exclamó.

—Nuestro padre está vivo y todavía ríe —le dije rápidamente—. Y madre también ríe.

El pobre Tomasín tuvo que asimilar muchas novedades en poco tiempo.

—Te quedas solo con la abuela, Tina y los pequeños. Cuida de ellos. Yo acompaño a madre hasta donde está escondido nuestro padre. No le digas a nadie que he estado aquí. Di que ella ha salido a ver a la tía Hortensia, a Aguilar, que está mala.

Tomasín asintió.

—En cuanto pueda regreso y me quedo con vosotros —añadí enseguida para tranquilizarlo.

—Vamos, Miguel —me susurró mi madre ya vestida.

Y bajamos juntos a la cocina. Ahí, ya pasado el primer momento, se me quedó mirando y admirándose de mi nuevo aspecto. Me acarició la cara con ternura.

—Estás hecho un hombre, hijo, ya no te puedo llamar Miguelín, eres Miguel.

Llevaba el pelo suelto, como una jovencita, y un suave brillo de labios, que no sé de dónde lo habría sacado. Nunca la había visto tan compuesta, tan hermosa, con los ojos tan ansiosos.

—¿Tienes hambre? —me preguntó como una buena madre.

—Ya comí queso y cecina en el pajar. Y unos garbanzos que quedaban.

—Pues pongámonos en marcha, que tenemos un buen trecho.

Se pellizcó las mejillas con coquetería y se arrebujó en un chal caliente. Metió en una tartera los restos de la cena e improvisó un hatillo de provisiones y ropa en dos segundos.

—Anda, vamos —me espetó con impaciencia.

—Pero yo estudiaré —le dejé caer de golpe.

—¿Cómo dices?

—Que ya lo hablé con mi padre, le dije que quería estudiar y estuvo de acuerdo.

Esa vez mi madre no osó discutir mi decisión. Me vio tan convencido, tan seguro de mí mismo y tan capaz de salirme con la mía que asintió.

—Como quieras, hijo. Eres muy listo y muy voluntarioso, ya lo dijo el maestro.

Me dispuse a partir con las mejillas calientes del cariño de los míos y el corazón que no me cabía en el pecho.

Mi padre estaba vivo, mi madre reía y yo estudiaría.

No podía concebir mayor felicidad.

Greta me lamió las manos, tan contenta como yo. Ignorantes los dos de la tragedia que pronto nos empañaría la noche.

Y es que la vida, ya se sabe, tiene momentos dulces y tragos amargos.

La heroína

Dulce fue el reencuentro de mi padre con mi madre.
Riendo los dos, abrazándose los dos como dos mozos, repasándose la cara con las manos, comiéndose a besos. Hicieron planes para el futuro, hablaron de los hijos, de Francia, de los caminos del exilio y de la esperanza de un mundo y un tiempo mejores.

Amargo fue el regreso a casa y todo lo que vino luego.

Greta y yo volvíamos hacia Barruelo de noche cerrada. Exhaustos por la doble caminata y aún embargados por la alegría del encuentro de mis padres.

Los habíamos dejado juntos en el chozo Tonino, abrazados, sonrientes. Mi madre pasaría la noche con mi padre y regresaría al amanecer a casa. Eso me dijeron. No querían poner en riesgo a la familia. Se rumoreaba que la Guardia Civil andaba tras la pista de Pascual Serna tras la denuncia del padre de Cova.

—Anda, Miguel, vuelve a casa y cuida de tus hermanos y la abuela —me dijo mi madre.

—Gracias, Miguel —me dijo mi padre abrazándola—. Ahora todo irá bien, ya verás.

Eso creí y por eso mismo, porque la felicidad es contagiosa, no me había preparado para lo peor.

Al llegar de nuevo a Barruelo vi luces en las casas cercanas a la mía, sin embargo no había ni un alma por las calles. Mala señal, me dije. Ha habido revuelo y miedo.

Exactamente.

Gelo, el falangista, acompañado por dos guardias civiles, había pasado por mi casa y entre los tres la habían puesto patas arriba. Me encontré a mis hermanos

pequeños llorando abrazados a Tina y a Tomasín, todos en la cocina, arracimados y moqueando. Se habían llevado a la abuela porque habían encontrado los restos de mi cena en el pajar y la cama de mi madre vacía. Creían que mi padre había pasado por casa. Tomasín había jurado y perjurado la versión que yo le había dictado, que mi madre había ido a Aguilar a auxiliar a la tía Hortensia, y la abuela lo había secundado, pero no les habían creído.

La abuela, que no sabía nada, se había portado como una valiente. Fue ella misma quien se ofreció a acompañar a los guardias civiles en lugar de mi hermana Tina. Querían llevársela a ella, creyendo que era una moza, cuando en realidad solo tenía doce años, pero mi abuela se puso derecha, mirándolos a los ojos, y se plantó delante de su nieta.

—A la niña ni tocarla, ya me voy yo con ustedes al cuartelillo. Pascual Serna es mi hijo. Aquí me tienen.

No quise pensar en la abuela. Todo a su tiempo. El problema era mi padre. Iban a por él e iban a por todas.

—¿Dónde fueron? ¿Qué te preguntaron?

Tomasín estaba muy nervioso.

—Hablaban de las brañas y del chozo de la Escalerilla y del bosque de Salcedillo.

Se me heló la sangre en las venas. Ese era el camino hacia el escondrijo de mi padre.

—¿Algún nombre más?

—El chozo Tonino —gritó mi hermana Tina.

Nadie más lo había oído, pero Tina tenía muy buen oído.

—¿Estás segura?

—Sí.

—¿Dijeron que iban al chozo Tonino?

—Sí —afirmó mi hermana—. Puse la oreja en la puerta cuando salieron de casa, por si decían algo de la abuela. Oí como Gelo le decía al del bigote: «Vamos al chozo Tonino».

—¿Cuánto hace que marcharon? —les pregunté con el corazón en vilo.

—No sé, media hora o más —calculó Tina.

—¡Voy a avisar a padre! No os mováis ni digáis nada a nadie.

Y salí por la puerta como una exhalación seguido por Greta.

No sabía si llegaría antes que ellos o si me llevaban demasiada ventaja. A lo mejor aún no habían salido de Barruelo y conseguía llegar al chozo Tonino a tiempo de avisar a mis padres. Aunque era improbable.

Saqué fuerzas de donde no me quedaban y me lancé a una carrera desesperada a vida o muerte. Tenía la suerte de conocerme el camino de memoria. Cada recodo, cada claro, cada alto, cada roblón. Lo había recorrido tres veces esa misma noche. Pero eso también me iba a la contra, estaba muy cansado y sabía lo lejos que quedaba. Me sorprendería el alba y me cazarían como a un conejo. Y a mis padres los acribillarían en la cama, como solían hacer cuando emboscaban a los que se echaban al monte. Rodeaban la casa y los freían a tiros.

Pero la cabeza nos da la fuerza. Y, aunque a veces mis piernas ya no me respondían, mi cabeza me obligaba a continuar y a olvidar el dolor y a pensar que de mí dependía que mis padres continuaran con vida.

No puedes dejarlos a su suerte, Miguel, me decía a mí mismo, no puedes dejar que suceda.

Greta, que para eso los perros tienen mejor oído, los oyó antes que yo.

Fue poco después del alto de las Grallas, en el hayedo de Salcedillo. Corría como de costumbre unos metros delante de mí, avanzando y retrocediendo continuamente para darme ánimos y mostrarme el camino. Incansable, atenta a mis deseos, a los sonidos del bosque. De pronto, se quedó inmóvil, la cola enhiesta, el morro olisqueando el viento.

—Son ellos, ¿verdad?

Nos llevaban ventaja. Gelo y la pareja de la Guardia Civil estaban unos quinientos metros por delante de nosotros y apenas quedaban dos kilómetros para el chozo. Imposible adelantarlos. La única solución era que Greta se avanzase y avisase a mis padres.

Me agaché junto a mi perra y le di instrucciones.

—Ve, ve, Greta, bonita, ve a por padre y avísalo. ¡Vete, corre!

Greta salió corriendo, pero no me obedeció.

Greta supo lo que debía hacer.

Mi perra, la perra más lista del mundo, se lanzó valientemente contra los tres hombres. Ladrando y acosándolos como hacía con las vacas, obligándolos a seguirla fuera del sendero. Le dispararon a matar, una vez, dos, tres. Lo suficiente para acertarle, pero también para alertar a mis padres del peligro. Yo me quedé inmóvil, aterrado, me eché al suelo y no pude hacer otra cosa que esconderme entre los matorrales y llorar en silencio mordiéndome los puños para que no se escucharan mis sollozos.

Me fui arrastrando hasta ellos. Estaban muy molestos porque habían tenido que sacrificar el factor sorpresa de la emboscada por culpa de un imprevisto estúpido. Los disparos y los ladridos se habían oído en varios kilómetros a la redonda.

Gelo estaba cabreadísimo y no paraba de renegar.

—Una perra de esas que cuidan las vacas —oí que gritaba uno de los guardias civiles tras reconocer el cadáver con su lámpara—. Se ha vuelto loca.

Greta, mi perra, no estaba loca. Era una heroína.

Mis padres huyeron monte arriba al oír los disparos. Media hora más tarde, Gelo y los guardias civiles encontraron el jergón caliente, pero el chozo vacío. La distancia que les llevaban, y que les regaló Greta, fue su salvación.

Y mientras los guardias y el falangista maldecían su mala suerte y mis padres corrían monte arriba salvando su vida, yo gemía abrazado al cadáver de mi perra. No quise dejarla sola en el bosque. Ella, que nunca me abandonaba, no me habría perdonado que yo la abandonase.

—Greta, bonita, Greta. —La acunaba como a una niña.

No podía asumir que nunca más estaría, que ya no sentiría el tacto caliente de su lengua en mis manos, en mi cara, que ya no oiría sus ladridos, que ya no levantaría las orejas al verme ni me vendría a recibir saltando y brincando a mi alrededor y dando muestras de alegría.

—Greta, no me puedes dejar solo, no puedes.

Greta no se movía, así pues, una vez pasado el dolor desgarrador de su pérdida, me hice a la idea de lo que había sucedido y emprendí el regreso.

Acarreé su cuerpo caliente hasta casa. Mis hermanos salieron a recibirme y se mostraron tan tristes como yo. Greta se hacía querer. Hasta Chusa, la chiquitina, se abrazó a su cuello y le dio un beso de despedida.

La enterramos en la tenada del corral. Yo dije unas palabras en su memoria, algo así como que Greta fue la perra más valiente y más buena del mundo. No lo recuerdo con exactitud porque estaba muy afectado.

Luego la cubrimos de tierra y lloré por ella.

Greta fue más que una perra.

Mis padres salvaron la vida gracias a ella.

Coda

Esta es la historia que le contó el barbero de Barruelo de Santullán a Eduardo Pons Prades, también conocido como Floreado Barsino, en los años setenta.

El barbero se llamaba Napoleón, un nombre real que parece ficticio, y narró una historia que a pesar de ser real parece ficticia.

Le habló de un muchacho de trece años que, junto con su perra, caminó cientos de kilómetros en busca de su padre, lo halló en un campo de prisioneros cerca de Oviedo, lo mantuvo con vida proporcionándole comida, lo siguió cuando se lo llevó una columna falangista, asistió a su fusilamiento en la escollera del puerto de Gijón, lo salvó de la muerte con las piernas ametralladas y lo llevó de regreso a casa.

Era una historia hermosa, digna de ser contada.

Y aquí está, tal y como yo la imagino.

Me gustaría creer que Miguel Serna, un nombre inventado, sobrevivió a la posguerra, estudió como era su sueño y escuchó durante muchos años la risa de sus padres.

Me gustaría creer que horadó la bala de su padre republicano, la insertó en una cadena y la llevó siempre sobre su pecho para poder enseñarla a sus hijos y a sus nietos y explicarles lo que era el horror de las guerras.

Me gustaría creer que nunca ningún niño vivirá de nuevo una guerra.

Maite Carranza

Índice

Aquí acaba este libro
escrito, ilustrado, diseñado, editado, impreso
por personas que aman los libros.
Aquí acaba este libro que tú has leído,
el libro que ya eres.